까마귀
떼

이원석 소설집

까마귀 클럽

펴낸날 2022년 3월 23일

지은이 이원석
펴낸이 이광호
주간 이근혜
편집 박선우 최지인 이민희 조은혜 방원경
펴낸곳 ㈜문학과지성사
등록번호 제1993-000098호
주소 04034 서울 마포구 잔다리로7길 18 (서교동 377-20)
전화 02)338-7224
팩스 02)323-4180(편집) 02)338-7221(영업)
전자우편 moonji@moonji.com
홈페이지 www.moonji.com

ⓒ 이원석, 2022. Printed in Seoul, Korea

ISBN 978-89-320-3984-8 03810

까마귀들

이원석 소설집

문학과지성사

차례

없는 사람

몇 번을 생각해봐도 처음 듣는 목소리였습니다. 녹음되었거나 기계로 변조된 인위적인 목소리도 아니었습니다. 장담하건대 그런 목소리는 생전 처음 들었어요. 비슷한 목소리도 모릅니다. 발신자 표시 제한으로 걸려오지도 않았고, 알거나 익숙한 번호도 아니었습니다. 아무리 강조해도 모자랍니다. 전화를 걸어온 사람은 제가 전혀 모르는 사람이었습니다. 전화를 받았더니 그 사람이 대뜸 이렇게 말했습니다.

실례합니다. 5247번 차주 되십니까?

그래서 그냥 아 예, 그랬습니다. 제 차가 맞으니까요. 5년 넘게 운전했던 제 차 번호가 맞으니까. 그런 걸로 거짓말을 할 이유가 제게는 전혀 없었으니까 말입니다.

차를 좀 빼주실 수 있을까요?

그 사람은 그렇게 말했습니다. 말을 조금 더듬기는 했어도 알아듣는 데 크게 어려움이 있을 정도는 아니었어요. 저는 의아했습니다. 저희 빌라는 세대마다 지정된 주차 공간이 있거든요. 저에게도 물론 지정된 거주자 우선 주차 구역이 있습니다. 이 빌라에서 5년을 넘게 살았고 사는 동안 언제나 그 자리에 주차를 했지만 문제가 있었던 적은 한 번도 없었습니다.

이상하네요. 거기는 제가 늘 주차를 하는 곳인데요. 무슨 일이십니까?

솔직히 좀 무서웠습니다. 요즘 보면 차에 적힌 번호로 연락해서 차주를 불러내어 납치한다든가, 그런 흉악 범죄가 종종 일어나잖아요. 그 사람이 이상한 말을 해대니까. 차 빼려고 방심하고 나갔다가 괜히 내가 위험해질 수도 있으니까. 잔뜩 경계를 하고 재차 물었죠. 무슨 일이십니까?

아직 무슨 일이 있는 건 아니고요.

그 사람은 그렇게 말한 후 잠깐 말을 멈췄습니다. 담배를 피우는 것 같았어요. 들이쉬는 숨소리는 거의 안 들렸는데 뿜는 소리가 좀 컸거든요.

제가 지금 여기서 그 자리로 뛰어내리려고 하는데 그러면 그쪽 차가 많이 파손될 것 같아서요.

저는 차근차근 그 말을 곱씹어봤습니다. 그러니까 나름의 이유야 있겠지만 안타깝게도 그 사람은 지금 위에서 아래를 향해 뛰어내리려고 하는 상황이고 고맙게도 그 과정에서 제 차가 파손될까 염려되어 부러 저에게 전화를 줬다는 말이었습니다. 당연히 저는 믿지 않았습니다. 그래서 그냥 전화를 끊었고 늦은 저녁을 먹어야겠다, 냉장고에는 무엇이 있나, 맥주가 있나, 이런 생각을 하며 부엌으로 갔습니다. 아주 조금 남은 김치찌개를 프라이팬에 붓고 밥과 참치 캔을 따 넣어 자작하게 볶은 후에 그릇에 덜었습니다. 맥주는 한 페트가 있었는데 혼자 먹기에는 너무 많아서 잠시 고민하다가 그냥 뒀습니다. 내일 출근도 해야 하고 먹다 남기면 김이 빠져서 맛이 없어지니까. 혼자 살게 된 후로는 주로 이런 식이었습니다. 찌개를 끓이면 아주 적지만 버리기는 아까울 정도로 남고 맥주를 마실지 말지 고민하게 되는 게 불편하더군요. 혼자 지낸 지는 한 달쯤 됐습니다. 요즘 같은 세상에 그게 문제가 되는 건 아니잖아요. 동거를 했는데 이제는 안 합니다. 예전엔 그랬었는데 이제는 아닌 거, 그런 거 많잖아요.

식사를 하면서 갑자기 생각났습니다. 그런데 진짜면 어떡하지? 생각하고는 깜짝 놀랐습니다. 진짜일 수도 있다고 생각하니 놀랄 수밖에 없었습니다. 정말로 내 차 위에 사람이 떨어지면 어떻게 되는 걸까. 죽는다. 사람이 죽는다. 더 이상 살 수 없어서 살지 못하게 된 사람이 내 차 위에서 죽는다. 저는 그것이 놀라울 만큼 무서웠습니다. 진심으로 그렇게 되지 않았으면 좋겠다고 생각했고요. 더군다나 그 사람의 말이 정말이라면 죽기 전에 마지막으로 통화한 사람이 저일 거라는 사실이 저를 더 두렵게 만들었습니다. 그런 생각을 하니 아무리 잘게 씹어도 밥알이 넘어가지 않아 더 이상 식사를 할 수가 없었습니다.

저는 노트북을 펴 들고 통화 목록에 남아 있는 그 사람의 전화번호를 포털 사이트에 검색했습니다. 스팸 번호나 상습적인 장난전화범의 경우 간혹 검색이 되기도 한다고 들었으니까요. 그런데 없었습니다. 그 번호에 대한 정보는 아무것도 나오지 않았어요. 저는 더욱더 두려워졌습니다. 남은 밥을 음식물 쓰레기봉투에 붓고 설거지를 하면서 내내 휴대폰을 바라봤습니다. 설거지가 끝난 후에는 고무장갑을 벗어 싱크대에 던져두고 가만히 식탁 앞에 앉아 또 휴대폰을 바라봤습니다. 계속 바라보다가 문득 싱크대에 던져둔 고무장갑이 생각나더군요. 고무장갑에 물이 들어가면 다음에 쓸 때 조금 찝찝한 기분이 들거든요. 싱크대로 가 고무장갑을 잘 털어 빨래집게로 건조대에 고정했습니다. 뚝뚝 떨어지는 물방울을 보고 있자니 아주 약간 안정되는 것처럼 느껴졌습니다. 그런 게 안정이 될 정도로 저는 무척이나 두렵고 염려스러운 상태였습니다. 누군지도 몰랐고 지금도 알 수 없는, 바로 그 사람 때문이었습니다.

나와 너는 다투고 있었다. 서로 다투는 것 자체가 아주 드문 일이었고 그렇게 오래, 그렇게 늦도록 다툰 것은 내가 기억하는 한 처음이었다. 다툼은 저녁 식사를 마친 직후 바로 시작됐고 내가 마지막으로 시계를 봤을 때는 밤 11시가 안 됐거나 아주 약간 넘어 있었다. 평소라면 내 쪽에서 적당히 물러났을 테지만 그때만큼은 그러고 싶지 않았다. 시종일관 날 선 너의 말투와 적당히 무리한 너의 요구가 맞물린 결과였다.

다툼은 당장 몇 시간 후 출발할 여행지에 대한 것이었다. 먹은 것을 정리한 후 내가 설거지를 시작했을 때 너는 뜬금없이 말했다.

바꾸자.

나는 너의 그 말을 잘못 들어서, 그럼, 바쁘지, 더 바빠야지, 그래야 잘살지, 하는 식으로 대충 대답을 한 후 설거지에 열중했다. 여행 전날이었고 얼마간 집을 비울 예정이었기 때문에 국이나 메인 메뉴 없이 밥과 김, 마른반찬만으로 가볍게 이루어진 식사였다. 설거지는 빨리 끝났고 나는 고무장갑을 벗어 싱크대 안에 던져둔 후 너의 맞은편에 앉았다. 너는 잠깐 내 어깨 너머를 바라보다가 몸을 일으켜 싱크대 쪽으로 다가갔다.

고무장갑은 싱크대 안에 두지 말고 건조대에 빨래집게로

걸어두라고. 물 들어가면 다음에 쓸 때 찝찝하단 말이야. 내가 몇 번을 말해? 앞으로 몇 번이나 더 말해줘야 해? 이해를 못 한 거야? 아니면 이해는 했지만 그러기 싫은 거야?

너는 평소보다 예민했다. 나는 미안하다고 사과했고 너는 대답 없이 고무장갑을 건조대에 건 후 다시 내 맞은편에 앉으려 했다. 그러면서 너무 강하게 의자를 뺀 탓에 의자가 넘어졌다. 너는 허리에 손을 얹고 한숨을 쉰 후 의자를 다시 세워 앉았다. 나는 영문도 모른 채 왜 저럴까, 평소답지 않은데, 평소에는 어땠지, 같은 생각을 하며 너를 마주 보았다. 한동안 말이 없던 너는 오른손으로 턱을 받쳤다. 약하게 손가락을 말아 쥔 채였는데 그게 꼭 주먹을 쥔 것 같아 강압적으로 느껴졌고 나는 괜히 기분이 나빴다.

바꾸자고.

어?

네가 바쁜 게 아니라. 아니 바쁜 건 맞겠지만 그게 아니라, 바꾸자고.

나는 그제야 내가 조금 전 너의 말을 잘못 들었다는 사실을 깨달았다. 그랬구나. 그래서 그렇게 짜증이 났구나. 하지만 그게 그렇게 짜증이 날 일인가. 잘못 들었다면 다시 말을 해주면 되지 않을까. 바꾸자를 바쁘다로 잘못 듣는 건 크게 무리한 일이 아니니까. 이건 괜히, 그러니까 시비를 거는 것 아닐까?

계속 져줬으니까, 내가 만만하니까, 평소에 만만하니까 그런
게 아닐까.

바꾸고 싶어.

그러니까 뭘 바꾸자는 거야?

말을 하고는 나도 모르게 놀랐다. 내 목소리에 날이 서 있
었기 때문이다. 너도 그것을 눈치챘는지 턱을 괴고 있던 손을
풀어 테이블 위에 올려뒀다. 올려둔 후에도 한동안 턱을 살짝
기울인 상태로 있었는데 그건 네가 정말로 짜증이 났다는 증거
였다. 너무 짜증이 나면, 너의 표현으로는 열불이 나면 한 번에
두 가지 행동을 할 수 없게 돼버린다고 너는 말했었다. 아주 천
천히 고개의 각도를 되돌린 후에도 너는 한동안 말없이 나를
노려봤다. 나도 시선을 피하지 않고 너를 똑바로 마주 봤다.

우리 여행 가기로 한 거. 다른 데 가고 싶어.

나는 이해할 수 없었다. 더 정확히 말하자면 믿을 수 없을
정도였다. 여행은 한 달 전부터 준비된 것이었고 여행지를 정
한 것은 우리가 가장 처음에 한 일이었다. 꾸준한 검색과 잦은
대화를 통해 수많은 조건과 선택지가 생겼고 그 모든 조건과
선택지에 우리는 신중했다.

너무 가깝지도 멀지도 않을 것. 유적이나 자연경관을 비롯
해 볼거리가 많은 곳. 각자와 우리의 사진을 아름답게 찍을 수
있는 곳. 분위기 좋은 카페가 있고 체험 활동이 많은 곳. 가기

전에는 여행을 가는구나, 가서는 여행을 왔구나, 다녀와서는 여행이 끝났구나, 같은 생각이 들 수 있는 곳. 그걸로 서로를 위로하고 많은 이야기를 나눌 수 있는 곳.

우리는 그러한 것들을 고려했고 거르고 거른 끝에 선택된 곳이 J시였다. 기차를 예매하고 숙소를 예약하는 것은 물론이고 일정까지 다 짜둔 상태였다. 당장 몇 시간 후에 잠들었다가 일찍 일어나 출발하기로 예정되어 있었다.

기차랑 숙소는 취소하고, 여행지를 다시 정한 후에 일정을 새로 짜자. 나 다른 곳에 가고 싶어.

들어나 보자.

듣기만 하지 말고.

아니, 어디 가고 싶은데?

너는 잠깐 고민하다가 모른다고 대답했다.

몰라, 모르지만, 짧게 살다 왔다는 느낌이 들었으면 좋겠어. 맛있는 것들을 편안하게 먹고 싶고 비교적 싼값에 깨끗하고 안전한 숙소에 머물고 싶어. 사람이 적었으면 좋겠고 그러려면 관광지가 아니어야 할 테고, 먹고 마시고 안전하게 쉬다 올 수 있는 곳을 원해.

총체적으로 큰일이었다. J시와 적당히 공통된 점이 있었다면 어떻게든 설득해볼 요량이었지만 네가 요구한 것들 중 무엇 하나 우리가 기존에 고려했던 것은 없었다. 전혀 다른 기준으로 아주 새로운 여행지를 정해 일정을 짜고 기차를 예매하고 새로운 숙소를, 너의 말에 의하면 저렴하고 깨끗하고 안전한 숙소를 예약해야만 했다. 솔직히 말하자면 아주 불가능한 일은 아니었지만 어렵고 귀찮았다. 무엇보다 기존에 우리가 함께 고민했던 것들을 네가 전면적으로 부정하고 있다는 사실이 싫었다. 어렵고 귀찮고 싫은 일을 너의 독단적인 의견 때문에 강행하고 싶지는 않았다.

안 돼. 시간도 너무 촉박하고, 그건 내가 원하는 여행도 아니야.

나를 위한 여행이라면서. 이번에만 양보해주면 안 돼?

너도 동의했잖아. J시에 가기로 합의를 하고 좋아했잖아.

정하고서 오래 생각했더니 내가 정말로 원하던 게 뭔지 깨달았어. 그럴 수도 있는 거잖아.

아무튼 안 돼. 먹을 걸 먹고 가만히 쉬다 오자고? 도대체 그딴 여행을 왜 가는 거야?

왜 그래?

왜 그래, 하고 묻는 너의 목소리는 떨리고 있었다. 나는 깜짝 놀라 너를 바라봤지만 울고 있지는 않았다. 그러나 금방이라도 눈물을 흘릴 것 같았다. 너의 목소리는 점점 더 떨렸고 높아졌다. 숨소리도 거칠었다.

그냥 잘 먹고 안전하게 있고 싶다고. 그냥 나는 그러고 싶다는 건데 그걸 왜 그렇게까지 부정해?

부정하는 게 아니라. 그냥 이해가 안 된다고.

그럼 오해라도 해.

말장난하지 말고, 좀.

장난 같아?

결국 너는 고함을 질렀다. 고함을 지르기 시작하자 신기하게도 떨리던 목소리는 또렷한 목소리로 변했다. 아주 가끔 화를 낸 적은 있었지만 고함을 지른 것은 거의 처음 있는 일이었기에 나는 네가 도대체 왜 이렇게까지 화를 내는지, 지금 무슨 일이 일어난 건지 생각하느라 잠시 말을 멈췄다.

장난이라니. 이해를 못 하겠으면 오해라도 하라는 게 장난이야?

아니……

아니면, 잘 먹고 안전했으면 좋겠다는 게 장난 같아?

나는 잠시 고민하다가 대답했다.

알았어, 이렇게 하자. 기차를 타지 말고 차를 끌고 가자. 그래서 하루는 원래 가기로 했던 J시에 가고 하루는 그 근처에 있는 네가 원하는 곳에 가자.

나 너무 힘들어.

너는 내 말을 가만히 듣다가 단호한 어조로 말했다. 저게 이 상황에 맞는 말인가. 그런 말은 이 대화에 어울리지 않는다고 말해줘야 할까. 아니면 내가 잘못 들은 걸까. 바꾸자를 바쁘다로 들은 것처럼, 그건 힘들겠다, 힘들 수도 있겠다, 그런 말을 내가 잘못 들은 건 아닐까. 내가 그런 생각을 하느라 아무런 대꾸도 하지 못하는 사이 뜸을 들이던 네가 다시 한번 분명한 어조로 말했다. 나 너무 힘들어. 그러고는 일어나 안방에 들어갔다. 나는 잠시 멍하니 앉아 있다가 대화가 조금 더 필요할 것 같다는 생각이 들어 자리에서 일어났다.

그때, 전화벨이 울렸다.

*

그 사람의 번호였어요. 저는 서둘러 전화를 받았습니다. 괜찮아요? 제가 그렇게 말하자 수화기 너머에서 흐느끼는 소리가 들렸습니다. 저는 그 사람을 자극했다는 생각에 더 불안해졌습니다. 수화기 너머의 사람은 잠깐 훌쩍이더니 다시 조용해졌습니다. 또 담배를 피우는 것 같았습니다.

왜 함부로 내가 괜찮은지 묻습니까?

저는 대답할 수 없었습니다. 괜찮으냐는 말이 그렇게 자극적인 말이 될 수 있다는 걸 이때껏 생각도 해본 적 없었기 때문입니다. 미안했지만 그럼에도 기분이 나빴습니다. 기껏 걱정해준 사람에게 괜찮겠습니까, 그걸 말이라고 합니까, 이런 식으로 대답할 이유가 있습니까? 없습니다. 그건 예의가 아닙니다. 그러나 그 사람에게 그렇게 말할 수는 없었습니다. 그래서 그냥 죄송하다고 말했더니 또 조금 훌쩍였습니다.

차 좀 빼주십시오.

죄송하지만 못 합니다. 그런 이유라면 더더욱 안 돼요.

늘 그랬듯이,라고 말한 후에 그 사람은 덧붙였습니다. 이해를 못 하시네요. 이건 배려입니다. 저는 무조건 날이 밝기 전에 뛰어내릴 것입니다. 대로변은 지나가는 사람에게 피해를 끼칠 수 있으니까. 사람보다는 차가 다치는 게 맞으니까 이 방향을 고수할 예정입니다. 근데 당신 차가 거기 있다고요. 내가 닿을, 도착할 거기에. 위치로 보나 각도로 보나 아무튼 무조건 부딪힙니다. 저에게는 남겨둔 사람이 없습니다. 제가 있던 자리에 남겨질 사람이 없어요. 그래서 당신은 배상을 받지 못할 겁니다. 그 어떤 누구도 저를 대신해 당신에게 파손된 차에 대한 수리비를 지불하지 않을 겁니다. 당신은 저에게 무슨 수로 수리비를 청구할 겁니까? 청구할 수 있습니까? 못 합니다. 그게 온전히 다 당신의 몫이라는 말입니다. 이해가 안 되십니까? 이해하려는 마음은 있는 겁니까? 그럼 제발 좀,이라고 말한 후에 그 사람은 잠시 숨을 골랐습니다.

오해라도 하십시오.

그 사람은 그렇게 말한 후에 전화를 끊었습니다. 저는 억울했습니다. 아무런 잘못이 없는데 이 밤중에 알지도 못하는 사람한테 혼이 나야 한다니. 그냥 차가, 내 차가 5년째 같은 자리에 주차됐다는 사실 때문에. 아주 오래 그래왔다는 것 때문에 싫은 소리를 들어야 한다니. 괜찮으냐고, 미안하다고도 말할 수 없다면 도대체 제가 어떤 말을 했어야 하는 걸까요. 그냥 닥치고, 모르기 때문에 닥치고 차나 빼어야 합니까? 그러나 이 모든 억울함보다도 저는 걱정이 더 앞섰습니다. 죽으면 안 되는 거잖아요. 그 사람의 문제를 해결할 다른 방법, 좀더 유순하고 합리적인 방법이 분명히 있을 거라고 믿었습니다. 저는 그 사람이 불쌍했습니다. 죽지 않았으면 좋겠다고 생각했어요. 그래서 다시 전화를 걸었습니다. 신호가 가자마자 그 사람이 받았습니다.

죽으면 안 됩니다.

예?

그 사람은 놀란 것 같았습니다. 마치 자신은 그럴 생각이 전혀 없다는 것처럼, 생전 처음 듣는 말을 들어버린 것처럼, 차를 빼달라는 그 사람의 전화를 받았을 때 제가 그랬던 것처럼 되물었습니다.

그게 무슨 말입니까?

죽을 거 아닙니까?

아, 진짜.

그 사람은 짜증을 냈습니다. 저는 전화를 끊을까 봐, 끊게 되면 이번이 정말 마지막 통화일 것이라는 두려움에 말끝을 물고 늘어졌습니다.

제게 자격이 없는 거 압니다. 당신 말이 무슨 말인지도 알고요. 그래도 사람이 죽는다는데 가만히 있을 수는 없습니다.

말을 하면서 저는 서둘러 신발을 구겨 신고 엘리베이터에 탄 후 꼭대기 층을 눌렀습니다. 제 주차 구역은 빌라 건물에 바투 붙어 있었고 그곳으로 뛰어내릴 수 있는 곳은 이 건물 옥상뿐입니다. 그래서 저는 그 사람이 옥상에 있을 거라고 생각했습니다. 엘리베이터가 움직이기 시작했고 한동안 말이 없던 사람이 소리를 지르기 시작했습니다. 층수가 높고 엘리베이터 안이라 신호가 잘 잡히지 않았기 때문에 말은 뚝뚝 끊어져 들렸습니다. 왜 이제 와서, 지금껏, 그동안, 같은 말이 뜨문뜨문 들렸지만 잘 들리지 않았기 때문에 그게 그 말이 맞는지 아니면 다른 말을 잘못 들은 건지 확신은 없었습니다. 저는 확신이 없는 채로 옥상의 문을 열었습니다.

어떻게 그런 말을 합니까?

수화기 너머에서 그 사람이 말했습니다.

거기는 어땠느냐고요?

바람이 강하게 불고, 아무도 없었습니다.

너는 비교적 빨리 원하던 회사에 취직했다. 대학을 졸업하기도 전이었고 너와 함께 공부하던 무리 중에서는 가장 먼저, 가장 좋은 조건으로 채용된 것이었다. 합격 소식을 접한 후 우리는 파티를 열었다. 미뤄뒀던 결혼을 천천히 진행해나갈 계획도 세웠다. 계획이 점점 구체화되고 이제는 유지하는 일, 변하지 않는 일에 온 힘을 쏟으면 되겠다고 생각하고 있었다.

그러면 안 되는 거잖아.

출근 첫날, 퇴근 시간을 훌쩍 넘겨 귀가한 너는 덤덤하게 말했다. 네 말이 맞았다. 절대로 그런 일이 있어서는 안 됐다.

그날, 신입 사원들을 격려하기 위해 찾아온 부장은 특히 너를 향해 큰 목소리로 말했다. 아주 당차고 소신 있는 모습이 마음에 들었다. 그것은 훌륭한 무기다. 앞으로도 그런 모습을 쭉 이어갔으면 좋겠다. 우리 회사를 위해 꼭 필요한 인재라는 데에 이견의 여지가 없었다. 너는 기뻤다. 합격 자체도 기뻤지만 네가 좋아하는 너의 성격을 꼬집어 칭찬해준 것이 가장 기뻤다. 열심히 하겠습니다. 많이 가르쳐주십시오. 너는 고개를 숙여 인사했다. 부장은 너의 등허리를 너무 과장되게 쓰다듬었고 너는 조금 빠른 타이밍에 고개를 들 수밖에 없었다. 자신이 불쾌하다는 것을 들킬까 봐 눈치를 보며 불쾌함을 숨기려 애썼다. 그때 이미 너의 인내심은 거의 바닥을 드러내고 있었다. 참고 참던 너를 터뜨려버린 것은 부장의 다음 한마디였다.

여자답지 않아서 좋았다.

너는 하마터면 눈물이 날 것 같아 미간을 찌푸리며 고개를 기울였다. 곧바로 고개의 각도를 고치긴 했지만 미간은 여전히 찌푸린 채였다. 한 번에 두 가지 행동이 불가능한 상태였고 그건 네가 열불이 났다는 증거였다. 딱히 그런 버릇을 모르는 사람이 보더라도 너의 기분이 짐작될 만한 표정이었다.

내가 취직을 하고 얼마 지나지 않았을 무렵, 너에게 우리 사무실에 여직원이 거의 없다는 말을 한 적이 있었다. 딴에는 너를 안심시키기 위한 말이었다. 우리 회사에는 여직원이 없으니 네가 걱정하는 불미스러운 일은 생기지 않을 것이다. 걱정하지 않아도 된다. 그런 말을 해주고 싶었다. 그런데 너는 갑자기 심각한 얼굴을 하고서 왜 그럴까, 하고 물었다. 나는 대수롭지 않게 일이 어렵거나 힘들어서 아닐까,라고 대답했다. 너는 내 말이 채 끝나기도 전에 차분한 목소리로 말했다. 너는 그런 게 이유가 된다고 생각해?

뭐?

부장은 너를 향해 날카로운 목소리로 되물었다. 너는 부장을 똑바로 마주 보며 정확한 발음으로 다시 한번 말했다.

그게 이유가 됩니까? 제가 여기 있는 이유가 되나요?

사무실이 순식간에 조용해졌다. 부장은 너를 한참이나 쏘아보다가 눈을 반으로 접다시피 웃으며 이런 거, 하고 말했다.

이런 점이 아주 좋아, 아주 마음에 들어! 당차고! 대장부야 아주!

그러고는 너의 어깨를 툭툭 두드리며 앞으로 열심히 하라고, 열심히 한번 해보라고 말한 후 과장을 불러 사무실을 나섰다. 너는 부장이 두드렸던 어깨를 거칠게 털어내며 자리에 앉았다. 얼마간 정적이 흐른 후 여기저기서 한숨이 터져 나왔다. 그게 출근 첫날의 일이었다.

그 후로 사람들은 너를 피했지만 너는 그래서는 안 된다고 생각했다. 그런 일 때문에 명백한 피해자인 자신이 더 피해를 봐서는 안 된다는 생각이었다. 그래서 오히려 더 열심히 사람들과 어울리려 노력했다. 아무리 피곤해도 회식에 빠지지 않았고 사비로 간식을 사서 탕비실에 두기도 했다. 회사 밖에서도 같은 부서의 사람을 만나면 달려가 고개를 숙여 인사했고 화분을 사서 사무실의 빈 공간을 채우기도 했다. 객관적으로 봤을 때 너의 성격은 아주 좋았다. 밝고 솔직했으며 꼼꼼하고 착실했다. 눈치도 빨랐고 상황에 맞는 예의를 알았으며 적당히 위선적인 면모도 있었다. 그러니 자연스럽게 부장의 눈을 피해 너와 사담을 나누는 사원들이 생겨났다. 아주 친하진 않았지만 너는 내게 그 정도 선이 딱 좋다고 얘기했었다. 보호하다 보면

지배하려 한다고. 그러니 서로를 보호하지 않아도 죄책감을 느끼지 않을 관계, 그런 관계면 충분하다고.

그러나 시간이 지날수록 사람들은 점점 선을 넘어오기 시작했다. 사회생활이 처음이라 몰라서 그랬다고 사과해라, 그냥 무시해라, 더러워도 관대해져라, 같은 식으로 부장으로부터 혼나지 않을 수 있는 뻔한 방법을 굳이 알려주려고 했다. 그런 말을 들을 때면 너는 그걸 몰라서 그러지 않은 것은 아니었지만 그러겠노라 대답했다. 그러면 네가 더 편해진 사람들은 더 자주 너를 궁금해했고, 기껏 회복한 관계를 놓치고 싶지 않았던 너는 자신에 대한 정보를 조금씩 흘려주었다. 흘려주면 사람들은 점점 너의 주변으로 호기심의 범위를 넓혔고 같은 이유로 너는 조금씩 그에 응답했다. 동거를 하고 있어요. 평범한 남자예요. 그냥, 여러분 같은 남자요. 직장인이고, 남자고, 평범해요. 결혼 얘기도 조금씩 나오고 있습니다. 조금 더 안정되면 말씀드릴게요.

회식 중에 얼굴이 붉어진 과장이 너에게 면접 때 곧 결혼할 생각이 있다는 걸 왜 말하지 않았느냐고 물었다. 너는 취중에 이게 무슨 소리인지 파악하는 것만도 벅차 빨리 대답하지 못했다. 옆에 있던 너의 사수가 거들었다.

여자들은 결혼하면 다들 그만두니까 일 가르칠 맛이 안나. 가르치면 떠나고 가르치면 떠나고. 미소 씨도 그럴 거야?

너는 물을 한 잔 들이켜고 한참을 생각하고 생각했다. 꼬리에 꼬리를 무는 생각에도 좀처럼 이해할 수 없는 말이었다. 면접 때 그런 질문이 있었던가. 아니, 있으면 어땠을까? 질문의 의도를 파악했다면 솔직하게 대답했을까? 이런 고민을 하는 게 맞는 건가? 이런 고민을 하게 하는 것은 무엇인가? 네가 대답 없이 깊게 생각하는 와중에도 대화의 주제는 바뀌지 않았다. 팀 내 거의 모든 사람이 참석한 자리였다. 그러나 그 많은 사람 중에 다른 의견을 말하는 사람은 아무도 없었다. 이상하다, 이상하다는 생각을 거듭할수록 너의 취기는 점점 가라앉았고 의식은 또렷해졌다. 결국 너는 크게 화를 낸 후 회식 장소를 뛰쳐나왔다.

집으로 돌아온 너는 씻지도 않고 내 팔을 베고 누워 이런 일이 있었다고 말하며 덧붙였다. 개새끼야.

너 때문이야, 이 개새끼야.

나는 어땠더라. 그때 어땠더라. 화가 많이 났었나. 그래, 화가 났었다. 나 때문이 아니라 그 사람들이 잘못한 거라고. 나는 그게 잘못됐다고 생각하고 있으며 그들의 무례함에 너만큼이나 화가 나 있다고. 그러나 그런 말은 하지 않았다. 너는 술을 먹었고 많이 울었으므로 잘잘못을 판단할 이성이 남아 있지 않을 수도 있겠다는 생각이 들었다.

내 잘못은 아니지만 그 사람들 참 무례하네.

그렇게 한마디를 한 후 늘 그랬듯, 그냥 져줬다.

*

분했습니다. 분해서 참을 수가 없었습니다. 집으로 돌아온 후 맥주를 꺼내 마시려다 시계를 보고 참았습니다. 몇 시간 후면 출근을 해야 했기 때문입니다. 놀아나다니. 목숨을, 그것도 사람 목숨을 가지고 그런 장난을 친 그 사람이 무례하게 느껴졌습니다. 아, 정말이지 죽이고 싶었습니다. 차라리 죽었으면 좋겠다고 생각했습니다. 한참을 씩씩거리고 있을 때 다시 전화가 걸려왔습니다. 그 사람이었습니다. 받지 않고 뒀더니 끊겼다가 다시 걸려왔습니다. 잠시 망설이다가 받았습니다. 이대로는 너무 분해서 절대 잠들 수 없다고 생각했기 때문입니다. 받아서 아예 들이받자, 받아버리자. 그렇게 생각하고 전화를 받자마자 그 사람이 물었습니다.

왜 그냥 갔습니까?

이상한 말이었습니다. 옥상에는 아무도 없었는데 제가 거기 갔었고 그냥 돌아왔다는 걸 그 사람이 알고 있다니 이상하지 않습니까? 어디선가 나를 지켜보고 있는 건 아닐까. 그럴 수도 있다고 생각하니 기분이 더러웠습니다.

왜 나를 보고도 그냥 갔습니까?

화가 났습니다. 언제까지 그딴 말을 할 생각인지 궁금해지기까지 하더군요.

거기에는 아무도 없었습니다.

저는 대답했고 수화기 너머에서는 말이 없었습니다. 그 사람의 목소리가 사라지자 바람 부는 소리가 선명하게 들렸습니다. 문득 옥상에 불던 강풍이 떠올랐지만 그럴 수도 있다고 생각했습니다. 그럴 수도 있다. 바람이 강한 곳이 한 곳뿐일까. 여기도 분다면 저기도 부는 게 바람인데. 그렇잖아요? 확인했습니다. 제 눈으로 분명히 확인했다고요. 옥상 어디에도 사람의 흔적은 없었습니다. 그런데도 저렇게 뻔뻔하게 거짓말을 하다니. 아무도 없었다는 말에 대답하지 않는 이유가 무엇이겠습니까? 들켰구나, 내 못된 장난이 걸려버렸구나, 그런 생각을 하고 있었을 겁니다.

차를 빼주십시오.

한참 후에 그 사람이 말했습니다.

차를 빼주십시오. 저는 당신이 차를 빼든 말든 상관없이 날이 밝기 전에 뛰어내릴 겁니다. 이건 배려입니다. 배려를 무시하는 것은 무례입니다.

더 이상 화도 나지 않았습니다. 그곳은 거주자 우선 주차 구역이고 제 자리입니다. 5년 동안 그래왔고 앞으로도 제가 이사를 가지 않는 한 당연히 저를, 저만을 위한 공간으로 남을 것입니다. 만약 누군가를 위해 차를 빼준다면 그것은 저의 배려입니다. 배려를 요구하면서 배려하지 않는다고 무례하다니요? 저는 함부로 무례를 입에 담는 그 사람의 무례함과 무지함이 괘씸했습니다. 어떻게 하면 저를 농락하는 그 사람에게 복수할 수 있을지 골똘히 생각했습니다. 제가 도달한 결론은 간단했습니다. 성심성의껏 그 사람을 위하는 척해보자. 미안해서라도 다시는 이런 일을 하지 않게 만들자. 그리고 사과를 받아내자. 사과를 받고 편안히 잠들자. 그렇게 생각한 저는 그 사람에게 물었습니다.

왜 죽습니까?

그 사람은 대답하지 않았습니다.

왜 뛰어내립니까?

그 사람은 대답하지 않았습니다. 또 담배를 피우는 것 같았습니다. 왜 저렇게 담배를 많이 피울까 싶은 생각이 들었습니다. 아까부터 무슨 담배를 저렇게 많이 피우나. 담배를 너무 많이 피우니까, 그게 몸에 안 좋은 거니까 정말로 삶에 대한 미련이 없는 사람처럼 느껴지기도 했습니다.

왜 그렇게까지 합니까?

이러면 안 됩니까? 이것도 안 됩니까? 왜 안 됩니까, 이게?

저는 안 된다고 말했습니다. 남겨질 사람들, 당신은 그런 사람들이 없다고 말했지만 당신이 모르는 곳에 분명히 있다,

당신을 그렇게 만든 가해자도 남는다, 그 사람은 남은 줄도 모르고 남는다, 그래도 되느냐, 그게 말이 되느냐, 억울하지 않느냐, 나 같으면 억울하겠다. 그렇게 말했습니다.

저기요, 말 놓지 말고 지랄하지 말고. 5247 차주님, 차 좀 빼주십시오.

말이 통하지 않았습니다. 너무 답답했지만 저는 계획을 그대로 이어나갔습니다. 최대한 그 사람을 위하는 척, 그 사람을 구하고 싶은 척 행동했습니다. 그래서 지금 그 사람이 하고 있는 행동이 얼마나 잘못됐는지 알려주고 싶었습니다. 장난이라면 장난이어서, 진심이라면 진심이어서 나쁜 거라고 말해주고 싶었습니다. 그런 경우 가장 효율적인 방법은 이해와 공감, 그리고 조언이라고 생각했습니다.

죽어도 좋다면 죽으십시오. 그러나 살고 싶다면 사세요. 살고 싶은데 죽어버리는, 그런 건 안 됩니다.

그 사람은 대답이 없었습니다. 대신 휴대폰 너머에서는 몸속 깊은 곳에서부터 가래를 올리는 소리, 그걸 뱉는 소리, 라이터 소리, 정말 고요할 때만 들을 수 있는 담배에 불이 붙는 소리 같은 것이 들려왔습니다. 작게 숨을 들이쉬는 소리와 크게 숨을 내뱉는 소리가 불규칙하게 반복됐습니다. 저는 기다렸습니다. 반복되던 숨소리가 멈추고 미안하다, 장난이었다, 이렇게 일이 커질 줄은 몰랐다, 열심히 살겠다, 열심히 살아라, 뭐 이런 말들로 훈훈하게 마무리된다면, 그래요, 괜찮았습니다.

장난이라고 생각했으니까. 그렇게 생각하니 괜찮아졌으니까. 그런 말을 할 줄 알고 실제로 해내는 제가 멋지다고 생각했으니까.

드디어 그 사람이 말했습니다.

그러니까 제가 자유롭게 살거나 죽을 수 있다는 말입니까? 그리고 그 자유에 대한 권리도 책임도 다 저에게 있다는 말입니까? 제가 그럴 수 있다고 정말로 제게 말하는 겁니까? 그걸 모르면 억울하지 않겠느냐고 묻는 겁니까?

그렇습니다.

그 사람은 욕을 하기 시작했습니다. 크게 욕을 하고 고함을 지르다가 죽이겠다고, 당신이, 그러니까 제가 존재하는 걸 견딜 수 없다고 말했습니다. 저는 당황스러웠습니다. 당황스럽고 화가 났습니다. 도대체 왜 그러는지 이해를 할 수가 없었습니다.

억울하다, 그걸 알아도 억울합니다. 아니 차 좀, 그냥 차 좀 빼달라는데 그게 그렇게까지 말할 일입니까? 지금껏 쭉 저 자리를 써왔으면서, 나도 한번 써보자는데 그거 한번 못 해줘서 저한테 그런 말까지 합니까? 불편하다고, 내가 떨어져야 하는데 당신 차가 저기 있어서 불편하다는데 도대체 왜 이렇게 말이 많습니까? 저는 이 순간이 가장 억울합니다. 떨어지고 싶은 곳에 떨어지는 일조차도 당신에게 부탁해야만 하는 게 가장 억울하다고요. 살거나 죽으라고? 당신이 말한 두 가지 외에 다른 선택지가 없는데 그딴 말을 나한테 한다고?

지쳤습니다. 말이 통하지 않았고 더 이상 대화하고 싶지 않았습니다. 늦은 새벽인지 이른 아침인지 뭐라고 부르기 애매한 시간이 다가왔습니다. 결국, 전화 끊겠습니다,라고 말하는 제게 그 사람이 말했습니다.

차 빼, 이 비겁한 새끼야.

*

어느 날은 나 혼자 사무실에 앉아 있었어. 이해는 못 하겠지만, 회사에서 담배 같은 건 주로 단체로 피우잖아. 무슨 팀워크가 중요한 운동경기처럼 눈빛을 교환한 다음에 우르르 나가버리잖아. 피우는 사람들끼리 그러잖아. 나는 담배를 피우지 않잖아. 그래서 아무도 내 눈을 마주치지 않았어. 않아서, 앉아서 나한테 주어진 일을 했어. 내가 돈을 받는 이유니까. 그게 그 건물에 내 자리가 있는 이유니까. 그런데 다른 부서 사람이 들어오는 거야. 두리번거리다가 나랑 눈이 마주쳤고 나는 의자에서 몸까지 일으켜서 인사했어. 안녕하세요, 어쩐 일로 오셨어요? 그랬더니 나를 쳐다보고, 나랑 눈을 마주치고, 사무실을 빙 둘러본 다음에 대뜸 말하는 거야.

아무도 없네.

그러고는 나갔어. 내가 있었는데. 그 좁은 사무실에 내가 있었는데.

진아.

진아, 나는 모르겠어. 내가 곧 결혼을 하는 것과 담배를 피우지 않는 것 중에서 나를 없는 사람으로 만든 게 뭐야? 그런 게 나를 없앨 수도 있는 거야? 아무것도 나를 없앨 수는 없잖아. 내가 거기 있는 이상 거기는 아무도 없는 곳이 아닌 거잖아. 아무도 없는 곳에 있어본 적 있어? 그런 적이 있느냐고. 그게 그렇게 억울해? 너 때문이라는 내 말이 그렇게 존나 억울해?

너는 내 팔에서 머리를 떼어내고 울면서 말했다. 나는 덜컥 두려워졌다. 네가 나와 결혼해주지 않을까 봐. 결혼을 포기하고 회사를 선택할까 봐. 누운 채 너를 꼭 안으며 함께 울었다. 두려워서 자꾸만 눈물이 났다.

내가 언제나 너를 지켜줄게. 늘 같이 있을게.

나는 말했고 너는 나를 꼭 안아주었다. 너는 훗날 이별을 고하며, 그 순간의 내가 가장 역겨웠다고 말했다. 자신이 아는 내 모습 중에서 가장 역겨웠다고. 비겁했다고.

너와는 그날 헤어졌다. 그러니까 여행지를 정하자고 다퉜던 날. 내가 기억하는 한 우리가 가장 오래, 가장 늦도록 다퉜던 날이었다.

그날 걸려온 전화는 평소 싫어하던 직장 상사의 전화였다. 상사는 회사의 임원이 지병으로 죽었다고 말했다. 확실하진 않지만 모든 사원이 휴가를 잠시 미룰 예정이라는 말도 덧붙였다. 어쩔 수 없는 사람은 어쩔 수 없지만 그렇게 되면 회사도 참 어쩔 수 없을 거라고, 장난스럽게 말했다. 그때는 그게 장난인지 아닌지 잘 구분이 되지 않았다. 여행에 관한 얘기도 순탄하지 않았고 너와 다투는 것도 그만두고 싶었다. 나는 안방에 들어가 옷장을 열었다. 침대 위에 멀뚱히 앉아 있던 네가 한숨을 쉬면서 조용히 내게 물었다.

뭐 해?

나는 검은 정장을 꺼내 입으며 어쩔 수 없다고 말했다. 사람이 죽었고 유능하고 덕이 많은 사람이어서 남겨진 사람들이 참 많다. 휴가를 반납해야 할 것 같다. 이해를 바란다. 여행은 다음에 네가 원하는 곳으로 가자. 사람이 죽었고 무엇보다 이건 우리 미래를 위해서다.

네 미래겠지.

우리야. 내 미래에 네가 없었던 적은 없어.

나는 지금 당장 잘 먹고 잘 쉬지 않으면 죽어버릴 것 같아. 나를 위한 여행이었잖아. 나를 위로하고 싶다고 했잖아.

죽어버릴 것 같다니, 사람이 죽었는데 어떻게 그런 말을 해?

그게 중요해? 그딴 말을 하면서 네 미래에 내가 있다고?

그만 좀 해.

아무도 없어. 네 미래에는 너 말고 아무도 없다고.

야, 그만해.

참 정의롭습니다. 언제나 옳으십니다. 네, 하십시오. 다 하십시오.

너는 너무 극단적이고 호불호가 분명해.

호불호라니?

이런 거. 또 고함을 질렀지? 사람들이 네가 좋아하는 것만 해줬으면 싶고 싫은 일에는 날카롭지? 그냥 넘어갈 수 있는 일도 예민하게 굴고 끝까지 물고 늘어지지? 그러니까 맞는 말을 해도 사람들이 너를 피하지.

우리는 잠시 서로를 노려봤다. 화가 났지만 언제까지고 화를 내고 있을 수는 없었기 때문에 언제나처럼 내가 먼저 물러섰다. 다음 여행은 무조건 네 말에 따를게. 잘 먹고 잘 쉬고 오자. 다음에. 꼭 다음에 같이,

진아.

너는 내 말이 끝나기도 전에 나를 불렀다. 진아. 잘못된 일에 호불호는 없어. 비겁함만 있지.

나는 너를 바라보며 넥타이를 맸다. 말을 하면 또 싸움이

길어질까 아무런 말도 할 수가 없었다. 매듭이 마음에 들지 않아 고쳐 매려고 했는데 전화벨이 울렸다. 네, 지금 가겠습니다. 네, 제 차로 같이 가시죠. 안방을 나서면서 안쪽을 살폈다. 그렇게 어둡지도 않았는데 네가 보이지 않았다. 보이지 않는 게 이상해서 다시 방 안으로 들어서니 네가 그대로 있었다. 나를 바라보고, 시선도 고개도 움직이지 않은 채. 나는 분명히 사라졌던 네가 무서웠다. 사라졌다가 다시 나타난 네 모습이 두려웠다. 뻣뻣하게 굳은 너를 남겨두고 도망치듯 빌라를 빠져나와 평소와 같은 자리에 주차된 차에 올라탔다.

*

시동을 걸었습니다. 빌라의 옥상 쪽을 바라봤지만 아무것도 보이지 않았습니다. 시계를 보니 아슬아슬하게 해가 뜰 시간이었습니다. 평소보다 일찍 출근을 하자. 과장님 책상을 정리하고 탕비실을 청소하자. 그러고도 시간이 남는다면 화분에 물을 주고. 그런 생각을 했던 것 같습니다. 잠을 자지 못했지만 이상하게 졸리지는 않았습니다. 나중에 졸리면 반차를 쓰자. 쓰고 다시 여기로 돌아와 주차를 하고 잠을 자자.

운전을 했느냐고요?

빼달라잖아요. 내 차가 거기 있는 게 견딜 수 없다고 하잖아요. 차가 있든 없든 변하는 건 없다고 그러잖아요. 나도 살기 힘듭니다. 그래도 나는 살려고, 살아보고 살려보려고 그랬습니다. 그런 걸 나쁘다고 할 수 있습니까? 그러면 그 사람의 장난 때문에 제가 힘들어야 합니까? 장난이 아니라고 해도 그 사람의 불행 때문에 내가 희생을 당하는 게 맞습니까? 제 차는 망가지면 안 됩니다. 보상 받을 수 없다면 더더욱 그렇습니다. 저는 그 차를 타고 멋진 유적지에도, 음식이 맛있고 분위기가 좋은 식당에도, 안전한 나의 집과 그 모든 것을 지탱해주는 회사에도 출근해야 합니다. 솔직히 그 사람은 죽을 생각도 없는 것 같잖아요. 누군가가 그렇게 죽는 것은 아무래도 이상하잖아요. 당신도 이상하다고 생각하잖아요. 모두가 이상하다고 말하잖아요.

나쁩니까?

내가 역겹거나,

비겁합니까?

사람을 비겁하게 만드는 그 사람이 가장 비겁합니다. 가장 역겹습니다. 그러면 비겁하지 않은 사람이 있습니까. 역겹지 않은 사람은 누구입니까. 저기에 있는 것을 없는 것으로 만든 것은 무엇입니까. 아무도 없는데 있다고 말하는 당신은 또 누구입니까. 아무도 없는 곳에 당신은 어떻게 있습니까.

사이드미러를 봤습니다. 제 차가 빠져나온 칸은 깨끗이 비워져 있었습니다. 돌아와서는 다시 그곳에 주차할 수 있을 거라고 생각했습니다. 제 주차 구역이니까. 지금껏 그래왔고 한번도 그러지 않았던 적이 없으니까. 거짓말이 아닙니다. 제게는 거짓말을 할 이유가 하나도 없습니다. 내가 늘 멈추던 곳, 저 아닌 누구도 없었던 그곳에는 여전히

까마귀

까마귀

이태준

내게 그날은 이런 문장들로 기억되고 있다.

[화 못 내는 사람. 억울하면 눈물부터 나오는 사람. 이제 더는 참고 살 수 없다고 다짐한 사람. 우리도 할 수 있습니다. 함께 믿고 함께 분노할 사람을 찾습니다. 당신을 노력형 분노 스터디 〈까마귀 클럽〉에 초대합니다.]

'까마귀 클럽'이라는 닉네임을 달고 올라온 그 트윗의 댓글에는 모임의 인원(당신까지 넷), 장소(은평구), 날짜와 시간(매달 세번째 토요일, 오후 3시부터 5시), 참가비(별도 참가비 없음)가 기재되어 있었고 그 댓글의 댓글에는 지원자가 작성해 디엠으로 보내야 하는 정보 목록이 기재되어 있었다. 클럽에서 지원자에게 요구하는 정보는 세 가지였다. 나이와 직업, 그리고 보유하고 있는 모든 트위터 아이디. 그 외의 정보는 어느 것도 필요하지 않다고, 필요하지 않을 뿐만 아니라 공개해

선 안 된다고 덧붙여져 있었다. 프로필 사진에는 트위터의 심볼 속 하얀 새를 까맣게 칠해둔 로고가 걸려 있었다. 로고부터 공고, 요구하는 조건에 이르기까지 모든 것이 너무 간결해서 다소 심심하게 보일 정도였다.

그러나 적어도 나에게 그 공고는 충분히 매력적으로 느껴졌다. 나 역시 짧고 얕게 관계를 맺어온 사람들이 있었지만 단 한 번도 그들을 친구라고 생각해본 적이 없었다. 그들은 나를 답답해했고 나는 그들을 두려워했으니까. 이런 사람과 그런 사람이 친구가 되는 것은 상상하기 어려운 일이었고 경험상 현실이 되면 훨씬 더 어려웠다. 차라리 혼자 지내는 것이 낫지 않을까 생각해보기도 했지만 그때는 이미 내가 혼자서는 결코 살아갈 수 없는 사람이라는 것을 깨달아버린 후였다. 그게 친구든 애인이든, 내게는 곁에서 나를 지켜보고 지켜줄 누군가가 반드시 필요했고 나는 그런 사람을 만들기 위해 끊임없이 노력했다. 자연스러운 만남이 어렵다면 소개를 받아서, 오프라인으로 힘들다면 온라인으로. 그렇게 노력하다 보면 언젠가는 나를 이해해주고 내가 이해할 수 있는 사람을 만날 수 있을 것이라고 믿었다. 마침 그날은 몇 달 전 트위터로 만난 친구에게 몇 번째인지 모를 절연을 당한 날이었고 이제는 다 때려치워야겠다는 마음으로 혼자 방에서 맥주를 마시고 있었다. 당연히 트위터에 접속한 것도, 누군가가 리트윗한 글을 읽게 된 것도 계획에 없던 일이었다. 누군가는 그 모든 것이 우연이라고 말할 수도 있을 것이다. 그러나 간절한 사람에게 간절한 일이 일어나는 것을 어떻게 함부로 우연이라고 말할 수 있을까? 나는 그 공고에서 말하는 '사람'의 조건에 정확하게 부합할뿐더러 아무래도 그런 사람들끼리 모이는 곳이라면 괜찮을 것 같았다. 거기다 화를 내는 방법을 연구하는 스터디라니. 이 모임이 내게 변화의 기회가 되어주지 않을까. 거기까지 생각이 미쳤을 때 나는 이미 까마귀 클럽에 보낼 디엠을 작성하고 있었다. 망설일 시간이 없었다. 이미 리트윗 수가 2천 개는 가볍게 넘은 상태였고, 적어도 2천 명보다는 훨씬 많은 사람이 이 글을 읽었을 거라는 생각에 자꾸만 조바심이 났다.

기재된 정보를 입력하는 것은 어려운 일이 아니었다. 나는 막힘없이 키보드를 두들기며 모든 정보를 입력했고 전송 버튼을 누르기만 하면 내 선에서 할 수 있는 일은 끝이었다. 그런데 그게 쉽지 않았다. 나는 사람을 사랑하지만 사람에게 정말로 사랑받아본 적이 거의 없는 사람이었다. 이번에도 안 된다면. 나 같은 사람들을 모아놓은 곳에서도 내가 가장 나 같은 사람이라면 어떻게 해야 할까. 어차피 넘어질 거라면 허들이 높을수록 좋은 것이 아닐까. 덜 부끄러우니까. 덜 쪽팔리고 덜 상처받으니까.

그러나 고민은 오래가지 않았고 나는 결국 전송 버튼을 눌렸다. '함께 믿고 함께 분노할 사람'이라니. 그런 문장을 본 이상 더 이상의 고민은 시간을 지체시킬 뿐이었다. 내가 원하던 거의 모든 것이 그 문장 안에 있었으니까. 메시지를 보낸 이후에는 맥주 네 캔을 모두 비우며 휴대폰 화면에서 한순간도 눈을 떼지 못했다.

아무래도 너무 늦은 시간이었다. 꼭 내게 답장을 한다는 보장도 없었고 답장을 한다 해도 내일일 것이라는 생각이 들었다. 나는 다 먹은 맥주 캔을 찌그러뜨려 분리수거를 한 후 침대에 누웠다. 그런데 막 잠이 들려는 순간 휴대폰이 짧게 진동했다. 따로 연락을 주고받을 사람이 없었으므로 나는 거의 확신에 찬 몸짓으로 휴대폰을 집어 들었다. 메시지는 예상대로 까마귀 클럽으로부터 온 것이었다.

[이번 주 토요일 시간 되세요?]

나는 여전히 우리의 만남을 우연이라고 생각해본 적이 단 한순간도 없다.

*

우리는 주로 녹번동에 있는 별의 집에서 모였다. 별이 참가하지 못하는 날이나 특별한 사정이 있는 날에는 스터디 룸을 빌리기도 했지만 그런 적은 몇 번 되지 않았다. 워리는 그냥 회비를 거둬서 스터디 룸을 이용하자고 자주 의견을 냈지만 별은 굳이 그럴 필요가 없다고, 그냥 편하게 내 집이다 생각하라고 워리를 설득했다.

워리. 워리의 첫인상은 조금 이상했다. 정확히 말하자면 의아한 쪽에 가까웠다. 워리는 만나는 순간부터 헤어져 각자의 집으로 돌아가는 순간까지 말을 할 수 있거나 해도 되는 타이밍이라면 쉬지 않고 말했다. 정말로, 쉬지 않고. 누가 대답을 하든 말든 전혀 개의치 않았다. 모임에 참여하기 이전의 내가 상상한 이 클럽 사람들의 이미지는 단순했다. 매사에 느리고 임기응변에 약해 나서야 할 타이밍에 잘 나서지 못하는 사람. 때리면 맞고 맞으면 억지로 웃는 사람. 그러니까 나 같은 사람. 그야 분노 스터디니까. 화를 잘 내는 방법을 좀 배우러 온 사람들이니까. 그런데 내가 처음 모임에 참여한 날, 말 그대로 내가 별의 집에 처음으로 발을 디딘 바로 그 순간 워리가 내게 건넨 말은 다음과 같았다.

"잘 뽑았다, 잘 뽑았어. 보자마자 우리 사람이네!"

"네?"

"화 잘 못 내죠?"

뭘까. 시비를 거는 걸까. 아니면 신입 회원을 테스트해보는 걸까. 여기서는 화를 내야 할까. 아니면 내가 화를 잘 못 내는 사람이라는 사실을 증명해야 할까. 내가 이런 생각을 하느라 대답을 하지 못하자 워리가 내게 손을 내밀며 악수를 청했다.

"반가워요. 저는 그냥 워리라고 부르면 돼요. 닉네임이 '워리바웃'인데 너무 길잖아요."

"네, 뭐. 저는……"

"알아요. 디엠 나도 봤어요. 뭐 궁금한 거 없어요? 내가 다 알려줄게."

"아, 궁금한 거……"

"아니다, 나중에 회장이 말해주겠다. 미리 들으면 재미없지. 거기 앉으면 돼요."

워리는 거실 한쪽에 놓인 네 개의 스툴을 가리키며 내게 그곳으로 가 앉으라고 말했다. 나는 여전히 워리의 말과 행동을 의심하며 천천히 가장 구석진 곳으로 가 앉았다. 별의 집은 천장이 아주 높았고 거실이 지나치게 넓어 연극 무대처럼 느껴졌다. 창문을 가린 암막 커튼은 무대 위의 것처럼 두꺼웠고 자꾸만 말을 건네는 워리는 공연이 시작되기 전에 관객과 소통하는 익살스러운 배우 같았다. 넓은 거실 한가운데에는 구석에 놓인 스툴보다 조금 더 큰 의자 하나가 덩그러니 놓여 있었다. 의자의 용도를 유추해보려 노력했지만 쉽지 않았다. 워리를 포함해 별의 집이 풍기는 분위기는 내가 생각했던 이 클럽의 이미지와 전혀 맞지 않았고 나는 조금씩 불안해졌다. 그때 현관문이 열리고 프로틴이 들어왔다.

프로틴. 프로틴의 첫인상은 말 그대로 엄청났는데 화를 내지 못하는 사람이라기보다는 화를 내면 안 되는 사람에 더 가까웠다. 트위터 닉네임은 '프로틴 중독자'였고 실제로도 텀블러에 프로틴을 담아 다니며 저래도 되나 싶을 정도로 입에 달고 살았다. 성격은 워리와 거의 정반대였다. 먼저 말을 거는 법이 거의 없었고 필요한 말만 최소한으로 했다. 프로틴은 현관에서부터 천천히 내가 있는 곳까지 걸어와 나와 가장 멀리 떨어진 스툴에 앉았다. 맨투맨 위로도 우락부락한 근육이 도드라져 보였다. 프로틴이 앉자 스툴에서 삐걱이는 소리가 거칠게 났고 프로틴은 화들짝 일어나더니 다시 천천히 스툴에 앉아 휴대폰만 바라보았다. 나는 미칠 것 같았다. 까마귀 클럽의 첫인상은 조금씩, 그러나 확실하게 내가 그린 궤적에서 벗어나고 있었다. 나는 몇 번이나 현관문을 열고 집으로 돌아가는 상상을 하면서도 차마 용기를 내 실행하지는 못한 채 앉아 있었다.

그런 나에게 별의 등장은 구원 같았다. 장바구니에 낱개로 포장된 초코칩쿠키와 오렌지주스를 담아 현관으로 들어선 별과 마주쳤을 때 나는 나도 모르게 안도의 한숨을 내쉬었다. 진하게 풍기는 동류의 냄새를 맡았기 때문이다. 나이는 나보다 한참 많아 보였다. 마흔……네댓쯤 됐을까? 천천히 신발을 벗고 실내로 들어와 슬리퍼를 신은 후 주위를 둘러보는 모습이 자연스러웠다. 느긋함과 여유로움이 몸에 밴 사람 같았다. 역시 회장은 뭐가 달라도 다르구나. 아직은 이 모임에 희망이 있다는 안도와 함께 나는 별에게 시선을 고정했다. 별은 멀뚱히 자신을 바라보는 나를 발견하고 고개를 숙여 인사했다. 그런 후에는 느린 걸음으로 주방으로 가 머그잔 네 개를 가지고 나왔다. 주스가 반쯤 담긴 머그잔을 우리에게 나눠 주면서도 별은 시종일관 웃고 있었다. 나는 주스를 마시지 않았고 세 사람은 주스를 마시며 나를 빤히 바라보았다. 내가 먼저 입을 열기를 기다리는 것 같았다. 딱히 할 말이 없었으므로 나는 고개를 숙여 세 사람의 시선을 피했다. 얼마 가지 않아 세 사람의 잔이 비었다. 내가 말을 할 기색이 보이지 않자 별은 워리와 프로틴에게 컵을 돌려받아 구석에 두고 다시 내 옆에 앉았다. 별이 앉자 워리가 먼저 일어나 거실 중앙에 놓인 의자를 향해 다가갔다. 의자 앞에서 뒤돌아 우리와 마주 앉은 후 워리는 조금 차분해진 눈으로 정면을 주시했다. 그러자 프로틴이 천천히 몸을 일으켜 워리에게 다가갔다. 뭐지. 무슨 일이 벌어지는 거야. 나는 이해할 수 없는 눈앞의 상황을 이해하려 워리와 프로틴, 그리고 별을 번갈아 바라보았다.

"파이팅."

"시작할게요."

워리가 힘차게 파이팅을 외치자 프로틴이 크게 심호흡을

한 후 말을 쏟아내기 시작했다. 말을 하는 내내 넓은 어깨가 쉬지 않고 위아래로 들썩여 워리의 모습이 거의 보이지 않았다.

"민이 어머님, 춘희 아버님. 길거리에서 왜 애들이 저한테 인사하는 거 싫어하세요? 저 진짜 서운해요. 길에서 만나면 애들이 먼저 인사하는 거구요. 뭐 이번에 원장님한테 하모니카 반 선생님 바꿔달라고 말씀하셨다면서요? 민이 춘희 저 없으면 어린이집 오려고 하지도 않을걸요? 그리고 원장님. 그렇다고 진짜 반을 바꾸자고 해요? 제가 우리 반 애들 얼마나 좋아하는지 다 아시잖아요. 애들도 저 얼마나 좋아하는데요. 애들이 저 없으면 찾고 난리 나는 거 매일 보시잖아요. 운동하는 것도 간섭 좀 하지 마세요. 일만 잘하면 되잖아요. 제가 왜 직장 상사한테 취미까지 간섭받아야 해요? 저한테 왜 그래요, 진짜."

거기까지 말한 후 프로틴은 숨을 몰아쉬며 워리를 노려봤다. 워리는 한동안 가만히 프로틴을 바라보다가 그 뒤에 앉은 나와 별을 향해 시선을 옮겼다. 지금 무슨 일이 벌어진 거지. 그러니까 워리가 원장님이고 원장님이 민이 어머니고 민이 어머니가 춘희 아버지고. 나는 상황을 파악하려 애를 썼지만 아무리 봐도 내가 애를 쓴다고 파악할 수 있는 상황이 아니었다.

"화내는 게 아니라 우는 거 같았어요. 너무 웅얼거려서 잘 들리지도 않고. 오히려 지난번에 했던 방식이 훨씬 더 좋으셨던 거 같아요."

그때 갑자기 별이 말했다. 워리는 별의 말을 받아치며 그래도 바로 앞에 있던 자신에게는 비교적 정확하게 들렸으며 화를 내는 내용도 좀더 구체적으로 변했다고 말했다. 프로틴은 휴대폰을 꺼내 두꺼운 손가락으로 열심히 액정을 두드렸다. 아마 메모장에 두 사람의 피드백을 받아 적는 것 같았다. 한참을 프로틴의 분노에 대해 토론하던 별과 워리의 시선이 나에게 향했다. 뭐 어떡하라고. 그런 생각을 하며 두 사람의 시선을 피하다가 프로틴과 눈이 마주쳤다. 아니 뭐 어떡하라고. 나는 기대에 찬 프로틴의 시선을 차마 외면하지 못하고 천천히 말했다.

"무서웠어요, 저는."

그러자 프로틴이 옅게 미소를 지었다. 나는 그 미소에서 이 모임에 대한 얼마간의 확신을 얻을 수 있었다.

프로틴에 이어 워리의 차례가 지나갔다. 워리의 분노는 전체적으로 말이 너무 길다는 피드백을 받았다. 말이 긴 것과 말이 많은 것은 전혀 다르다, 도대체 왜 화가 났다는 건지 모르겠다, 그보다는 화가 난 건지 아닌지도 잘 모르겠다, 2년 전에 아버지가 돌아가셨다는 이야기는 빼는 게 좋을 것 같다, 그렇지만 삼가 고인의 명복을 빕니다, 잠시 묵념할까요, 이런 이야기들이 피드백 내내 이어졌고 실망한 표정의 워리가 먼저 집으로 돌아간 후 곧바로 프로틴 역시 떠났다. 나도 집으로 돌아가기 위해 겉옷을 챙겨 입는데 별이 이야기를 좀더 나눌 수 있겠느냐고 물어왔다. 나 역시 몇 가지 질문할 것이 있었으므로 별의 제안을 거절할 이유는 없었다. 우리는 넓은 거실을 벗어나 주방으로 갔다. 주방 역시 좁은 편이 아니었는데 가구나 가전이 거의 없어 조금 휑하다는 느낌을 받았다. 별과 나는 2인용 식탁을 사이에 두고 마주 앉았다. 별이 오렌지주스가 든 머그잔을 내게 건넸고 나는 조금 망설이다가 이번에는 잔을 입으로 가져갔다. 별이 조금 웃었다.

"그러니까 조금 전에 했던 그게 스터디라는 거죠?"

"네. 한 달에 한 번씩 두 명이 서로에게 화를 내는 방식으로 진행됩니다. 화를 낼 내용은 일주일 전에 미리 공유하고 현장에서 피드백을 주고받아요."

"그게 정말 도움이 될까요?"

"도움이 되죠. 화는 내버릇해야 필요할 때 낼 수 있다고 생각해요."

"그런데 혹시 왜 까마귀 클럽인가요?"

"까마귀 좋잖아요. 크게 소리 지르고 소리 지르면 사람들이 다 피하고."

"아……"

"그리고 화를 못 내는 게 참 그렇잖아요. 누구는 성격이 좋다고 하고, 누구는 성격이 참 이상하다고도 하고. 까마귀도 그

까마귀 클럽　　　　　　　　　　　　　　　　　　　　　53

래요. 어디서는 길조고 어디서는 흉조고."

"그러네요. 그냥 가만히 사는 건데도 까마귀가 참 그렇죠."

나는 클럽의 로고를 떠올리며 답했다. 하얀색, 까만색. 색이 다른 두 마리의 새가 머릿속에서 번갈아 지저귀고 울었다. 별은 깍지 낀 손을 턱에 받치며 조금 높아진 목소리로 내게 물어왔다.

"직업이 텔레마케터라고 하셨죠?"

"아웃바운드 부서에서 팀장으로 일하고 있어요. 학습지 파는."

"저는 운전 학원에서 강사 하고 있어요."

별은 그 후에 워리와 프로틴의 직업도 알려줬는데 워리는 자신의 집을 개조해 중학생과 고등학생을 소규모 그룹으로 가르치는 공부방을 운영하고 있었고 프로틴은 유치원 교사였다. 우리는 어렵지 않게 공통점을 발견할 수 있었는데 그것은 바로 우리 모두가 어느 정도 교육과 관련된 직종에 종사하고 있다는 사실이었다. 우연인지 아닌지에 대해서는 멤버들의 의견이 나뉘었지만 확실하게 합의된 것이 하나 있다고 별은 말했다. 그건 우리의 이런 성격이 누군가를 가르치고 대하는 우리 삶의 터전에서 커다란 장애물이 된다는 사실이었다.

"저희가 별도의 참가비는 없는데 규칙을 어길 때마다 벌금을 거둬요."

"벌금이요?"

"네. 규칙은 그냥 기본적인 것들. 지각이나 무단으로 빠지는 일을 방지하는 정돈데, 우리끼리 정한 금지어가 있거든요. 죄송해요, 감사해요, 괜찮으세요? 이렇게 세 개가 다니까 조금만 조심하면 됩니다. 한 번 어길 때마다 5만 원이에요."

"5만 원이나요?"

"그 정도는 해야 조심들 하더라고요."

"그런데 왜 그런 말들을 금지하나요?"

"분노에 방해가 되니까요. 배려하는 말들, 걱정하는 말들."

"그럴까요?"

"그럼요."

"근데 제가 디엠에 적어 보낸 제 정보들이요. 제가 거짓말을 한 건 아니지만 사실 확인은 어떻게 하세요? 서류 같은 걸보는 것도 아니신데."

"믿는 거죠."

"믿는다고요?"

"네. 우리는 그냥 우리끼리 믿어요. 아무도 우리를 안 믿어주니까요. 그리고 아시잖아요, 우리끼리는 티가 다 나는 거."

주책맞게도 나는 그 말을 듣고 별이 보는 앞에서 조금 울었다. 별은 손수건으로 눈두덩을 문지르는 나를 말없이 바라보다가 주스가 반쯤 남은 내 잔에 다시 주스를 가득 부어주었다.

내가 눈물을 그친 후에 별은 그 밖에 몇 가지 정보를 더 알려주었다. 모임의 날짜와 시간은 유동적으로 바뀔 수 있으며 멤버 전원의 합의하에 순서 또한 바꿀 수 있다고. 그러니 급한 일정이 생기거나 두 달간 분노가 축적되지 않았거나 아니면 급하게 표출해야 할 분노가 생기면 언제든 의견을 제시하면 된다고. 화라는 게 참 계획대로 생기는 게 아니지 않느냐고.

"그러면 오늘은 이만 들어갈까요?"

"저, 한 가지만 더 여쭤봐도 될까요?"

"네, 그럼요. 뭐든지요."

별은 어느새 비어버린 내 잔과 자신의 잔을 싱크대로 가져가며 대답했다. 물을 틀고 수세미에 세제를 묻혀 머그잔을 닦는 동안 뒤돌아 있었기 때문에 별의 표정은 보이지 않았다.

"왜 갑자기 멤버를 또 뽑았어요?"

내가 물었고 별은 한참을 대답하지 않았다. 머그잔 두 개를 닦는 것치고는 너무 오래 걸렸고 나는 조금씩 움직이는 별의 뒷모습을 바라보며 대답을 기다렸다. 별은 머그잔을 헹구고 수돗물을 잠근 후에도 뒤돌아보지 않았다. 그대로 꼼짝하지 않은 채 대답했다.

"원래 있던 분이 나가셨어요."

"아, 혹시 왜요?"

"목적을 이뤘거든요. 이제 잘 내시더라고요, 화."

그러니까 원년 멤버 넷 중에서 한 명이 목적을 이루고 나간 공석에 내가 들어왔다는 말이었다. 그렇구나. 나는 잘됐다고, 우리도 꼭 그 사람처럼 될 수 있을 거라고 말한 후 겉옷을 챙겨 입었다. 내가 고개를 숙여 인사를 건네고 넓은 거실을 가로질러 현관을 나설 때까지도 별은 싱크대 앞에 가만히 서 있었다. 도대체 왜 그러는지 이유를 묻고 싶었지만 차마 거기까지 물어볼 수는 없었고 그렇게 내가 참여한 까마귀 클럽의 첫 모임이 끝났다.

*

나는 주로 별과 짝을 이뤄 활동했다. 워리와 프로틴이 모임 초창기부터 쭉 합을 맞춰온 파트너였다는 것이 표면적인 이유였지만 내 생각에는 그보다 멤버들이 나를 배려해준 쪽에 더 가까운 것 같았다. 클럽의 회장인 별은 스터디원 중에서 가장 유능한 멤버였다. 정확한 발음과 적확한 단어를 이용해 자신의 의견을 효율적으로 전달할 줄 알았다. 다만 너무 침착하고 정확해서 화를 낸다기보다는 설명하는 쪽에 더 가까웠고 그래서인지 피드백 때마다 너무 영혼이 없다는 말을 듣기도 했다. 하지만 오히려 그런 점이 내게는 다행이었다. 나는 아직 누군가의 분노를 침착하게 듣고 피드백을 줄 만큼 훈련이 되어 있지 않은 상태였으니까. 워리의 횡설수설이나 프로틴의 우울보다는 별의 단호함과 정확함이 내게는 수월했다. 더군다나 그 특유의 침착함과 냉정함으로 칼 같은 피드백을 줄 수 있다는 점역시 별이 가진 스터디원으로서의 장점이었다. 어쨌거나 나는이 모임도, 화를 내는 일도 처음이었고 서툴렀으니까.

"아니 제가. 아니 고객님, 제가요. 아니요, 제가."

처음 두어 번의 시도는 이런 식이었다. 화를 내는 데 주어진 10분 동안 '아니'와 '제가' 말고는 별다른 말을 하지 못했고당연히 피드백을 할 건덕지도 없었다.

"여기 본인이 적어주신 대로만 해주시면 돼요."

"아니면 그냥 읽어보는 건 어떨까요? 감정은 빼고."

"그건 의미가 없죠."

말이 두어 번이지 기간으로 치면 총 4개월 정도가 흐른 때였고 한겨울이었던 계절이 완연한 봄으로 바뀌어 있었다. 힘들거라고 생각은 했지만 내가 이 정도일 거라고는 나조차도 예상하지 못했다. 깔아놓은 판 위에서도 할 수 있는 게 하나도 없다니. 성격을 좀 바꿀 수 있지 않을까 하는 애초의 기대는 이미접은 지 오래였다. 그러나 예상을 초월하는 내 무능보다 내가더 놀라웠던 것은 멤버들이었다. 모르긴 몰라도 한 번쯤 짜증을 낼 만도 한데 누구 하나 티를 내지 않았다. 적어 보내신 내용은 너무 좋아요. 그냥 읽기만 해도 너무 공감돼서 저 울었잖아요. 솔직히 대필 맡기고 싶을 정돈데요. 아직 어려운 게 당연한 거예요. 우리 처음 할 때 생각하면 아직도 웃음밖에 안 나요.

별과 워리가 번갈아가며 위로를 건네면 프로틴이 옆에서 쉬지 않고 고개를 끄덕이며 동의했다. 당연히 예의상 하는 말이었겠지만 나는 서서히 용기를 낼 수 있었다. 모임이 끝난 후 워리와 프로틴이 돌아간 다음에는 별에게 조금씩 팁을 얻기도 했다. 언젠가부터는 아예 모임이 끝난 후 둘이 남아 차를 마시는 것이 당연한 일이 되었다. 돌이켜보면 나는 대부분의 정보를 별에게서 얻었고 별이 하는 말은 무엇이든 너무 쉽게 믿었다. '우리는 그냥 우리끼리 믿는다'는 별의 말을 절실히 믿었고 믿고 싶었으니까.

"두 분도 같이 이야기하면 좋을 텐데. 늘 너무 빨리 가시네요."

"데이트 가야죠. 날도 좋은데."

"네? 데이트요?"

"몰랐어요? 둘이 사귀잖아요."

"전혀 몰랐어요. 어떻게 티를 하나도 안 내시지."

"처음 만났을 때부터 유난히 둘이 서먹하더니 어느 순간 보니까 사귀고 있더라고요. 젊음이 좋긴 좋다, 진짜. 아니, 나 방금 너무 노티 났나?"

"아니에요, 안 그랬어요."

"운전면허는 있으세요?"

"아니요. 스무 살 땐가, 학원 등록은 했는데 도로 주행 때 감독관한테 너무 욕을 먹어서 트라우마가 생겨버렸어요. 제가 잘못하긴 했는데 말을 너무 심하게 하셔서. 너 같은 새끼는 운전대를 잡으면 안 된다, 아예 손모가지를 부러뜨려야 한다, 뭐 그런 식으로."

"와, 진짜 너무했다. 거기 학원 어디에요?"

"그건 좀 말씀드리기가……"

"우리 학원 오세요. 강사님들 다 친절하세요."

"별 씨처럼요?"

"제가 원래부터 화를 못 내는 사람은 아니었어요. 오히려 화를 좀 많이 내는 편이었는데."

"무슨 일이 있으셨어요?"

"맞았어요."

"네?"

"도로 주행 감독하다가. 출발하자마자 신호 위반으로 실격된 사람이 있었는데 갑자기 저를 때리더라고요. 말본새가 왜 그따위냐고. 신호를 아예 무시하고 가다가 사고가 날 뻔했는데, 제가 소리를 좀 질렀거든요. 우리 방금 죽다 살았다고. 나한테 무슨 억하심정이 있느냐고. 그랬더니 갑자기 안전벨트를 풀고 저를 막 때리는데, 왜 나한테 지랄인지 도저히 모르겠고.

제가 잘못한 것도 아닌데, 그냥 그런 사람들한테는 잘잘못이 중요한 건 아니구나 싶었어요. 무섭더라고요, 맞는 거. 그 후로는 화를 잘 못 내요."

"아니, 미친 거 아니에요?"

"아이고, 내가 참 이상한 말까지 다 한다. 차 한 잔 더 드려요?"

별과 내가 나누는 대화는 만나는 횟수가 늘수록 길어졌고 머지않아 나는 다 같이 스터디를 할 때보다 별과 둘이 남아 이야기를 하는 동안 더 깊은 편안함을 느꼈다. 별이 우려 주는 따뜻한 차도 어떤 역할을 했겠지만 당연히 차 때문만은 아니었다. 별은 대화를 자연스럽게 이끌면서 사람을 편안하게 만들어 주는 능력이 있었다. 느긋한 성격 때문인지는 몰라도 차를 알맞게 잘 우렸고 실수로라도 말을 끊지 않았다. 무엇보다 내가 아무리 답답하게 말하거나 행동해도 화를 내는 법이 없었다. 함께 믿고 함께 분노할 사람. 별과 이야기를 주고받으면 나는 정말로 그런 사람을 찾은 것 같았고 그런 사람이 된 것 같았다. 덕분에 영원히 발전하지 않을 것 같던 내 분노 실력도 조금씩 나아지긴 했다.

"아니, 제가 뭘 그렇게 잘못했는데요. 고객님, 저도 사람이에요. 직접 보시고도 그렇게 욕할 수 있으세요? 아니잖아요. 그런데 왜 자꾸 그런 말을 하세요."

"자꾸 뭘 부탁하는 것처럼 느껴지긴 해요. 그거 좀 고쳐볼까요."

"그래도 처음에 비해서는 훨씬 좋아졌다. 고생 많이 하셨어요."

이런 식이었다. 그리고 다른 멤버의 분노에 대해 피드백을 하는 것도 조금은 자연스러워졌는데 특히 상대적으로 더 많이 이야기를 나누고 합을 맞춰본 별에 대한 피드백이 조금 세밀해졌다.

"그, 화내실 때는 표정을 좀 바꿔보시는 것도 좋을 것 같아요. 목소리도 말투도 차분한데 표정도 그러니까 약간 감정이 안 느껴지는 것 같아요."

"표정을요? 어떤 식으로요?"

"좀더 감정이 드러나게. 찡그린다거나 이를 보인다거나."

"무표정이 더 화난 것처럼 보이지 않아요? 난 그렇던데."

"원체 인상이 좋으셔서 그렇지는 않은 것 같아요."

별은 피드백을 받을 때마다 고개를 갸웃거리긴 했지만 워리와 프로틴까지 내 말에 동의하면 딱히 반박을 하지는 않았다. 그렇다고 해서 고집을 꺾는 것은 아니었다. 다음번에도 그 다음번에도 시종일관 침착한 톤과 무표정을 유지했다. 부드럽지만 철학이 뚜렷하고 확고한 사람. 그때의 나는 별을 그런 사람이라고 생각했다.

언젠가 개인적인 사정으로 별이 모임에 나오지 못한 날이 있었다. 워리와 프로틴과 나는 스터디 룸에서 모임을 가졌고 드물게도 두 사람이 술을 한잔 마시자고 요청해왔다. 그래도 꽤 오래 만났는데 한 번도 우리끼리만 얘기해본 적 없잖아요. 워리는 그렇게 말했고 프로틴이 고개를 끄덕였다. 딱히 거절할 이유가 없었으므로 나는 그들을 따라 스터디 룸 근처의 횟집으로 향했다. 사방이 수조로 가로막힌 독특한 구조의 횟집이었다. 그곳에서 워리는 술에 취해 자신들이 별을 그렇게 좋아하지 않는다고 했다.

"남의 말을 진짜 너무 안 들어요. 그러면서 남 칭찬은 또 한 번도 안 하잖아요."

나는 그렇지 않다고, 별은 그런 사람이 아니라고 말했다. 그냥 기준이 조금 높은 거라고, 우리가, 아니 내가 조금 더 열심히 해서 화를 잘 내게 된다면 분명히 웃으면서 칭찬을 해줄 거라고. 워리는 내 말을 듣고 큰 소리로 웃었다. 깔깔거리며 몸을 들썩이는 모습이 꼭 까마귀 같았다. 나는 기분이 나빴지만 화를 내기가 좀처럼 쉽지 않았다. 아직 훈련이 부족하구나. 그런 생각을 하는데 워리가 소주 반병을 한입에 털어 넣으며 내게 말했다.

"퍽이나."

워리의 입에서 나온 말치고는 드물게도 짧고 간결했다. 그러나 그 안에 담긴 감정이 고스란히 느껴졌다. 스터디에서 좀 저렇게 하지. 그런 생각을 하는데 워리가 다시 말을 시작했다.

"원래 한 명이 더 있었거든요. 그쪽 오기 전에."

"네, 별 씨한테 들었어요."

"벌써 들었어요? 와, 뻔뻔하다. 그걸 직접 말해요?"

"워리 씨 목소리가 너무 커요. 조금만 조용히……"

"워리는 개뿔, 민주예요. 김민주."

"네, 민주 씨. 조금 취하신 것 같아요."

"그 사람 잘렸어요."

잘렸다니. 별은 분명히 이전의 멤버가 성공적으로 목적을 이뤄서, 그러니까 훌륭하게 화를 낼 줄 아는 사람이 되어서 그만두었다고 말했는데. 나는 혼란스러웠다. 프로틴은 김민주와 나를 번갈아 보다가 어쩔 줄을 모르겠다는 듯 김민주의 손을 잡았다. 나름대로 김민주를 말리려는 제스처 같았지만 김민주는 멈추지 않았다.

"조한영 씨가 그건 안 알려줘요?"

"화를 잘 내게 됐다고, 그래서 더 이상 나오지 않게 됐다고, 그렇게 말했어요."

"잘 냈죠, 조한영 씨한테. 욕을 욕을 쌍욕을 퍼붓고, 그러고서 잘렸어요. 조한영 씨가 이제 안 나와도 될 것 같다고 그랬대요."

"잘된 거 아니에요? 우리 화내려고 모인 거잖아요."

"잘됐죠. 잘됐는데, 우리가 진짜 목적을 이루면요."

김민주는 말을 멈추고 숨을 크게 들이쉬었다. 프로틴을 한 번 보고, 나를 한 번 바라본 후 들이쉬었던 만큼의 숨을 다시 내뱉으며 말했다.

"우리일 수가 없어요."

김민주는 그렇게 말한 후에 쓰러지듯 잠이 들었고 프로틴이 김민주의 등에 손을 얹은 채 달래듯 토닥였다. 나는 프로틴에게 물었다.

"근데 민주 씨는 별 씨를 그렇게 싫어하면서 왜 여기 나오는 거예요?"

프로틴은 잠시 생각하다가 테이블 위에 있는 텀블러를 열어 프로틴을 조금 마셨다.

"잘 없어요."

"네?"

"잘 없다고요, 여기 같은 데가."

프로틴과 김민주가 돌아간 후 나는 택시를 잡아타고 집으로 돌아왔다. 침대에 누워 가만히 생각해보니 새삼스레 지금껏 멤버들의 이름을 궁금해한 적이 없다는 사실을 깨달았다. 그건 이상한 일이었다. 워리는 김민주. 별은 조한영. 그렇다면 우리는 그동안 누구에게 화를 내고 있었던 걸까. 단 한 번이라도 정확하게 화를 내본 적이 있는 걸까. 우리는 화를 좀 잘 내기 위해 모였다. 정말로 화를 낼 수 있게 되면 우리는 우리일 수 없다. 공존이 불가능한 두 문장이 머릿속을 어지럽게 뒤집어놨다. 그러나 그런 생각을 깊게 하기에 나는 조금 취해 있었고 서서히 감겨오는 눈꺼풀을 이겨낼 도리가 없었다. 그리고 다음 달에도, 그다음 달에도 우리는 모여 서로를 향해 화를 냈다. 서로에게 화난 적도 없으면서 그랬다.

*

"제가 뭘 그렇게 잘못했나요? 저기요, 왜 나한테 그러시냐고요. 이건 그냥 제 일이에요. 다들 조금씩은 달라도 각자 맡은 일 하면서 살잖아요. 당신도 그럴 거 아니에요? 피차 일하는 사람들끼리 그냥 서로 좀 배려하면서, 네? 적당히 위선도 떨고. 오다가다 혹시 만나면 인사나 하면서 그냥 뭐 피해나 안 주고 살면 되는 거 아니에요? 내가 좀 쉽다고, 쉽고 만만하고 함부로 좀 해도 될 것 같다고 해서 진짜로 그러시면 안 되는 거잖아요. 안 되는 게 당연하잖아요.

나도 이거 하기 싫어요. 진짜 존나 하기 싫다고요. 사무실 구석에 처박혀서 얼굴도 이름도 나이도 성별도 모르는 사람한테 전화 거는 게 쉬운 일 같으세요? 하루 종일 전화 거는 게 일인데 사람 목소리보다 신호음 듣는 시간이 더 길고, 걸고 끊기고 다시 걸고 끊기고 내가 사람인지 기계인지도 잘 모르겠고, 저라고 이게 좋아서 이러고 있겠어요?

근데 또 출근만 하면 어떻게든 되니까 기어 나가요. 남들 다 이러고 살겠지. 나만큼은 다 힘들겠지. 그냥 나가서 좆같아도 전화 걸고 전화 받고 그러다가 또 후회해. 당신 같은 사람 때문에. 안 사면 안 사는 거지, 욕은 왜 해. 전국 팔도 각기 다른 사투리로 생전 들어본 적도 없는 욕을 하루 종일 먹으면 사람이 어떻게 멀쩡하겠어요? 함부로 대하지 마세요, 나도 사람이니까. 전화기 너머에서 떠드는 게 사람처럼 안 느껴져도 일단은 사람이니까 나를 좀 사람답게 대해주라고. 사람을 사람답게. 그게 그렇게 어려워? 진짜 그래?"

나는 거칠어진 호흡을 고르며 별을 내려다봤다. 이건 아닌 것 같은데. 이렇게까지 할 생각은 없었는데. 아무리 노력해도 그런 생각을 떨칠 수가 없었다. 별은 의자에 앉은 채 다리를 반대로 바꿔 꼬며 나를 바라보았다. 내 목소리가 높아질수록 서서히 커지던 별의 눈이 다시 작아지기 시작했다. 조금씩, 아주 천천히 작아지던 별의 눈은 작아질수록 날카로워졌다. 나는 도저히 별을 마주 볼 수 없어 고개를 숙여버렸다. 좁은 실내에는 내가 내는 밭은 숨소리만 가득했다. 얼마 가지 않아 호흡이 안정되었고 그러자 사방이 조용해졌다. 그럴 리가 없는데도 늘 듣던 소리가 들리는 것 같았다. 일방적으로 전화가 끊어진 후 수화기 너머에서 들리던 소리. 하루 중 내가 가장 많이 듣는 그 소리. 또 또 또 또. 한 치의 오차도 없는 정확한 박자 때문에 나는 점점 더 조급해졌다. 아무래도 사과를 해야 할 것만 같았다. 나는 다시 천천히 고개를 들어 별을 바라봤다. 별은 어느새 일어나 내 앞에 서 있었다. 짝, 짝짝, 짝짝짝. 그때 등 뒤에서 박수 소리가 들려왔다. 돌아보니 워리와 프로틴이 환하게 웃고 있었다. 쉬지 않고 손뼉을 치는 둘의 모습에 굳어 있던 몸이 한순간에 풀어졌다. 그대로 주저앉은 내 앞까지 걸어온 별이 손을 내밀었다.

"하니까 잘하시네."

나는 별의 손을 잡고 힘겹게 몸을 일으켰다. 그러나 금방이라도 다시 무너질 것 같아 별의 손을 놓을 수는 없었다. 별은 온화한 표정으로 내 손을 잡은 자신의 손에 힘을 줬다. 맞잡은 별의 손도 미세하게 떨리고 있었다. 같이 흔들리니 어쩐지 안전한 기분이 들었다.

"진짜 잘하신다. 나 방금 둘이 싸우는 줄 알았잖아요. 갑자기 어쩜 이래? 비결이 뭔지 좀 알려줘요."

어느새 다가온 워리가 호들갑을 떨며 말을 걸어왔다. 프로틴 역시 어울리지 않게 눈을 반짝이며 나를 바라보았다. 비결.

나 역시 그게 궁금했다. 나는 왜 갑자기 이럴 수 있는 사람이 된 걸까. 별과 맞잡은 손에서 땀이 배어났다. 워리와 프로틴은 계속해서 내게 비결을 물어왔다. 오늘의 기분, 분노할 대상을 떠올리는 방식, 심경이나 환경. 모두 아주 조금씩 내게 영향을 미쳤지만 결정적이라고 할 수 있을 만한 변화는 아니었다. 정확히는 아닌 것 같았다. 나도 별의 손을 잡은 손에 힘을 꾹 주었다. 땀 때문에 축축해진 손바닥이 조금 더 가깝게 밀착했다.

돌이켜보면 이상한 일이다. 축축했던 별의 손바닥, 떨리는 손, 너무 높았던 워리의 목소리, 반짝이던 프로틴의 눈빛 같은 그날의 모든 것이 선명하게 기억난다는 사실. 별과 내가 손을 맞잡고 있었다는 사실. 우리 모두가 함께 있었다는 사실. 촉감과 냄새까지 온통 선명한 기억 속에서 그 순간 내가 했던 대답만은 잘못 찍은 사진처럼 흐릿하다는 사실까지 모든 것이 그렇다. 흐릿한 기억 속에서 워리와 프로틴의 계속되는 질문에도 한참을 대답하지 못하던 나는 오래 고민하다가 이렇게 말했다. 아니, 말했던 것 같다. 그냥 이것저것, 많은 것이 조금 더 익숙해졌다고. 그래서 그럴 수 있었던 것 같다고. 나도 잘은 모르지만 화라는 게 보통 그런 것이 아니냐고. 이제는 당신들이 편해졌다고. 하고 싶은 말을 할 수 있게 된 것 같다고.

그 말을 하지 않았다면 어땠을까. 나는 지금도 그것을 후회하고 있다. 그날 별은 15만 원의 벌금을 냈다. 내 차례가 끝났고, 별의 차례가 되었고, 별이 화를 냈고, 아니 조한영이 화를 냈고. 괜찮으세요? 아니, 제가 진짜로 화가 나서 그런 말을 한 건 아니에요. 죄송해요. 이해해주셔서 감사해요. 다시 별이 말했고.

그것이 내가 별에게 들은 마지막 말이었다.

*

"그러니까 내가 편해져서 그랬다는 거죠? 그게 평소에도 하고 싶은 말이었고? 그러니까 이제 내가 호구 같아서 그게 쉽다는 거 아냐. 맞죠? 꼭 씨발, 잘해주면 끝도 없이 기어올라. 이보세요, 최지원 씨. 뭐 내세울 게 있다고 온라인에서 본명으로 활동하세요. 뭐 그렇게 잘났다고 남한테 지적질이나 하느냐고. 그냥 가서 하루 종일 전화나 뺑이치고 욕이나 먹지, 화를 내서 뭐 할 건데? 네가 화낼 처지야, 지금? 어?

내가 잘못했어? 내가 너 빡치게 했어? 그런데 미친 새끼가 왜 나한테 지랄이냐고, 지랄이. 내가 우스워? 내가 쉬워? 우습고 쉬운 애랑 왜 여기서 이런 거나 하고 있어. 야, 꺼져. 너 아니라도 할 사람 많아. 세상에 화 하나 제대로 못 내는 등신들 천지삐까리라고. 꺼져. 꺼지라고, 좀."

그날의 모든 순간 중에서 지금 내가 가장 선명히 기억하고 있는 것은 내게 달려드는 조한영을 가로막던 프로틴도 아니고, 이마에 손을 짚고 한숨을 쉬는 워리의 모습도 아니고, 나를 보던 그 표정. 잔뜩 찡그린 채 나를 향해 이를 드러내 보이던 조한영의 표정이다.

*

정말로 화를 내는 것이 목적이었다면 우리의 모임은 대성공이었다.

나는 그 후로 까마귀 클럽에 찾아가지 않았다. 별에게 실망했거나 조한영이 두렵기 때문이 아니라 더 이상 그곳에 갈 필요가 없다고 생각했기 때문이다. 내가 나간 후에도 트위터에는 다시 새로운 멤버를 구한다는 공지가 뜨지 않았다. 워리가, 아니 김민주가 결국 참지 못하고 조한영과 싸웠을 수도 있겠다. 어쩌면 조한영이 그저 내가 느낀 것을 비슷하게 느끼고 클럽을 해체했거나. 어느 쪽이든 이제 나랑은 상관없다고, 그곳에서 내가 보고 듣고 느낀 모든 것은 내게 일어난 수많은 실패 중에 하나일 뿐이라고 생각할 수 있을 만큼의 시간이 흘렀다. 정말로 나는 괜찮았다.

그러다 오늘, 나는 몇 달 전 트위터로 만난 친구에게 몇 번째인지 모를 절연을 당한 참이었고 이제는 다 때려치워야겠다는 마음으로 혼자 방에서 맥주를 마시고 있었다. 휴대폰으로 트위터에 접속해 타임라인을 훑던 중 익숙한 프로필로 올라온 익숙한 글을 하나 발견했다. 누군가는 이 모든 일을 우연이라고 부르겠지만 간절한 사람에게 간절한 일이 일어나는 것을 어떻게 함부로 우연이라고 부를 수 있을까? 나는 여전히 우리의 만남을 우연이라고 생각해본 적이 단 한순간도 없다.

내게 오늘은 또 이런 문장으로 기억될 것이다.

건너편의 기도

너를 생각하면 항상 가장 먼저 떠오르는 날이 있다.

"찾은 것 같다!"

그날, 네가 소리쳤다. 종일 돌아다니느라 피곤했을 텐데도 넓은 밭을 가로질러 들을 수 있을 정도로 높고 큰 목소리였다. 나는 숙이고 있던 허리를 힘차게 폈다. 오후 내내 비슷한 각도로 구부리고 있던 탓에 허리에서 무언가 꺾이는 소리가 났다. 순간적으로 고통이 밀려들었다. 강하고 거대한 손이 온몸을 누르고 조이는 것 같았다. 사방에 날리는 흙먼지와 피로 때문에 두 눈이 뽑혀버릴 것처럼 아프고 가려웠다. 그러나 흙먼지가 잔뜩 묻은 손으로는 차마 눈을 긁거나 눈두덩을 만질 수조차 없었다. 3월 중순이었는데도 쌀쌀했고 해가 저물수록 점점 더 추워지고 있었다. 아무것도 먹지 않은 채였지만 너무 힘들어서 뭔가를 먹고 싶지도 않았다. 집에 가자고, 제발 좀 돌아가자고,

멀리 떨어진 네게 소리를 질러보기도 했지만 너는 내 말을 들은 척도 하지 않았다. 그래서 화가 났고, 피곤했고, 아팠고, 그냥 다 때려치우고 집으로 돌아가 잠이나 퍼질러 자고 싶었다. 분명히 그랬는데도 그 순간 나는 웃어버렸다. 조금은 화를 낼 수도 있었을 텐데 그냥 웃음이 나왔다.

네가 오고 있었으니까.

너라는 것을 겨우 알아볼 수 있을 만큼 먼 곳에서 내가 있는 곳으로.

남아 있는 모든 힘을 다해 달려오고 있었으니까.

그게 보였으니까.

너는 단숨에 내 앞까지 달려와 밭은 숨을 내쉬며 손을 내밀었다. 흙먼지 때문에 뽀얗게 변한 손등을 위로 향한 채 꽉 쥔 주먹이 눈에 들어왔다. 나는 손을 내밀었고 내 손바닥에 너의 손이 잠시 닿았다. 네가 아주 천천히 손에서 힘을 빼는 것이 느껴졌다. 곧 차갑고 뭉툭한 무언가가 툭, 손바닥 위에 놓였다. 엄지보다 아주 조금 더 큰 돌멩이였다. 크기에 비해 조금 묵직했다.

"뉴스에서 본 거랑 똑같제?"

평소보다 조금 더 높아진 목소리로 네가 물었다. 나는 돌멩이를 눈 가까이 대고 이리저리 굴려보며 관찰했다. 전체적으로 검고 어두운 색이었으나 군데군데 회색 반점 같은 것이 반짝이며 박혀 있었고 한쪽 면의 일부분이 구운 흙 같은 것으로 덮여 있었다. 살짝 힘을 주어 문질러봐도 닦이지 않는 것으로 미루어 진짜 흙은 아닌 것 같았다. 나는 돌멩이와 너를 번갈아 바라보다가 호들갑을 떨며 말했다.

"똑같이 생겼네."

"맞제? 찾은 거 같제?"

너는 환하게 웃었다. 눈이 시리도록 환한 웃음이라고 생각했는데 갑자기 정말로 눈물이 흘러내렸다. 닦을 방법이 없어 흐르도록 두었더니 네가 당황하며 허둥대다가 같이 울었다. 왜 우냐. 네가 먼저 울었잖아. 우리는 서로를 다독이며 느린 걸음으로 밭을 빠져나왔다. 너는 금방 그쳤지만 나는 계속 울었다. 서로의 집으로 향하는 더 빠른 길이 각자 있었지만 우리는 같은 길로만 걸었다. 그날은 네번째 운석이 발견되었다는 뉴스를 듣자마자 몰래 학교를 빠져나온 날이었다. 네번째가 발견되면 무조건 거기에 가자고, 우리는 세번째 운석이 발견되었을 때 이미 약속해두었다. 나는 반쯤 장난으로 한 말이었는데 그날 조회가 끝나자마자 네가 우리 반으로 달려와 나를 끌고 나갔다. 하루 종일 흙밭을 뒤지면서도 정말로 운석을 찾을 거라는 기대는 조금도 하지 않았다. 그런데 정말로, 기어코 찾아낸 것이었다. 나는 겁이 많았지만 그 순간만큼은 다음 날의 체벌이나 눈앞의 어두운 골목이 전혀 무섭지 않았다. 돌이켜보면 너와 함께 있을 때는 언제나 그랬다. 우리는 같은 교복을 입고 있었고 둘 다 검은색 삼선 슬리퍼를 신고 있었다. 나는 그게 좋아 들떠 있었다.

오래 걸었더니 어느새 멀리 우리 집이 보였다. 종일 집에 가고 싶다는 생각뿐이었는데 막상 도착하니 좀처럼 들어가고 싶지 않았다. 나는 잠시 고민하다가 집 근처의 작은 공원으로 발걸음을 옮겼다. 갑작스럽게 진로를 변경한 것이었는데도 너는 묻거나 따지지 않고 내 뒤를 따랐다.

공원에는 가로등이 하나 있었지만 이미 오래전에 망가진 상태였다. 가장자리를 둘러싼 키 큰 나무들 때문에 외부의 빛도 거의 새어 들지 않았다. 공원이라기보다는 깊고 좁은 동굴처럼 느껴졌다. 우리는 입구에 있는 작은 수돗가에서 손을 씻고 가장 안쪽에 있는 벤치로 가 앉았다. 벤치가 좁아 가까이 붙을 수밖에 없었고 사방이 고요해 네 숨소리가 크게 들렸다. 나는 괜히 어색해져 부러 과장되게 목소리를 높였다.

"이거 감정할 끼가? 찐이면 우리도 뉴스 나오는 거 아이가. 다섯번째 운석 발견자, 고등학생 이 군과 박 군. 이리."

"내 낀데 와 니 이름 먼저 말하는데?"

"그기 중요하나?"

나는 휴대폰을 꺼내 돌멩이의 사진을 찍었다. 휴대폰 카메라의 플래시가 반짝이다 사라졌다. 너는 한동안 말이 없다가 억지로 하품을 했다. 본론을 꺼내기 전에 꼭 나오는, 나는 알고 너는 모르는 너의 습관이었다.

"니 뉴스 나가고 싶나? 명예를 원해?"

"그거는 아이고."

"그람 이거 팔아서 돈 벌게? 부를 원해?"

"님이 주우셨는데 제가 무슨 돈을 법니까."

"그러면 우리 그런 거 하지 말자."

"어떤 거?"

"혹시 가짜일 수도 있으니까. 확인받고 확인하고 그런 거 하지 말자고."

나는 고개를 천천히 돌려 옆에 앉은 너를 바라보았다. 너는 나를 바라보지 않고 시선을 멀리 던져두고 있었다. 사방에 빛이라곤 한 줄기도 없었는데 두 눈이 시렸다.

"그냥 우리끼리 믿자. 이거 진짜라고. 그라면 된다."

그때 내가 뭐라고 대답했더라. 쫄보 새끼, 또 쫄았나? 이런 말을 했었다. 아니면 그러자, 우리끼리 믿자, 그렇게 말했던가. 내게는 여전히 그날의 거의 모든 것이 선명하지만 오직 그 순간, 내가 네게 했던 말만이 손가락으로 문질러 지운 것처럼 흐릿하다. 어찌 됐건 나는 그 후의 많은 날을 견뎌 이렇게 살아남았다. 너는 기억하고 있을까. 늘 궁금했고 그걸 좀 물어보고 싶었는데 이제는 그럴 수 없게 되었다.

정확한 시간은 듣지 못해 알 수 없지만 아마도 발인은 내일, 아니 이제는 오늘 이른 아침일 것이다. 전염병의 확산이 걱정되니 모두의 안전을 위해 조문을 삼가달라는 부고 문자를 받고 나는 오래 고민하다가 상원에게 전화를 걸었다. 상원은 신호가 가기 무섭게 전화를 받았다. 받고서도 아무런 말이 없던 상원에게 내가 애원했다. 네가 죽었으니 나를 좀 데려다달라고. 그냥 헌화만 하고, 그것도 안 된다면 멀리서 운구하는 거라도 좀 보겠다고. 때로는 안전보다 중요한 것이 있지 않느냐고. 상원은 별다른 말 없이 달려와 나를 차에 태웠다. 그리고 3백 킬로미터가 넘는 거리를 운전하는 내내 무언가 말을 걸어오긴 했지만 질문을 하거나 대답을 강요하지는 않았다. 상원 나름의 배려였고 어차피 내게는 대답할 여력이 없었으므로 고마웠다. 나는 아무 생각도 들지 않았다. 그저 그날 네가 그랬던 것처럼, 폭이 넓은 밭 저쪽에서 내가 있던 쪽으로 건너왔던 것처럼, 나도 남아 있는 모든 힘을 쥐어짜내 네가 있는 곳으로 가고 싶었다. 그러면 너도 나처럼 환하게 웃을 수 있을 것 같았다.

　"여기 편의점에 이런 걸 파네. 신기해서 하나 샀어. 이거라도 좀 먹어."

　마지막 휴게소에 들러 화장실에 다녀오던 상원이 큼직한 상자를 내게 건넸다. 나는 상자에 적힌 글자를 천천히 읽어 내렸다. '오징어 먹물과 아몬드 가루로 색을 낸 운석빵.' 그러게.

누군가는 여전히 이런 걸 기억하고 있네. 기념하고 있네. 그런 생각이 들었고 하나쯤 꺼내 먹어볼까 싶은 마음이 들기도 했지만 차마 무언가를 먹을 수는 없었다. 내가 뜯지도 않은 상자를 조심스럽게 뒷좌석에 두는 것을 본 후부터 목적지에 도착할 때까지 상원은 내게 아무런 말도 걸지 않았다. 도로 위에는 다가오거나 지나치는 차가 한 대도 없었고 상원은 속도를 조금씩 더 높였다. 차가 톨게이트를 빠져나갔을 때 나는 긴 침묵을 깨고 상원에게 조심하라고 말했다. 여기서부터 길이 험하니, 험하고 어두우니 좀 조심을 하라고. 상원은 들릴 듯 말 듯 작게 한숨을 쉬었다. 또 실수해버렸다는 사실을 바로 인지했지만 딱히 사과할 마음은 들지 않았다.

조심 좀 하자.

상원은 내가 하는 모든 말 중에서 그 말을 가장 싫어했다. 그러나 아이러니하게도 연애 초반부터 마지막까지 그 말은 내가 상원에게 가장 많이 했던 말이었다. 도대체 뭘 얼마나 더 조심해야 하느냐고, 이해는 하지만 작작 좀 하라고, 화를 내며 소리를 지르는 상원을 보고 주위를 둘러본 후 나는 사람들의 시선을 피하며 낮은 목소리로 다시 이렇게 말했다.

"이해하긴 뭘 이해를 해, 하나도 못 했구만. 목소리 좀 낮춰. 조심 좀 하라고."

상원은 화가 나면 목소리가 높아지는 타입이었고 나는 오히려 낮아지는 사람이었다. 또 상원은 우선 그 상황을 벗어나 차분히 생각해볼 시간이 필요하다고 생각하는 쪽이었고 나는 상황이 해결될 때까지 언쟁을 이어나가야 직성이 풀렸다. 그러므로 상원과 나의 싸움은 높낮이나 방식이 달랐다. 오래 만난 축에 속했지만 그걸 고려하더라도 이별의 빈도가 지나치게 잦을 수밖에 없었다. 잦다고 해서 아무렇지 않은 것은 아니었다. 그러나 상원과 나에게는 믿음이 있었다. 아니, 있었던 것 같다. 우리가 다시 '우리'일 수 있을 거라는 믿음. 서로가 서로에게 다시 돌아올 것이라는 확신. 실제로 무수한 이별을 겪으면서 그 믿음은 거의 배신당한 적이 없었다. 그래서 나는 습관이 되어버린 말을, 상원이 끔찍하게 싫어하던 그 말을 그만하거나 적게 하려고 노력하지 않았다. 결국 그 말 때문에 상원과 나는 최종적으로 헤어졌다. 이별의 순간 나는 이번이 우리의 마지막 이별이라는 사실을 직감할 수 있었다. 그러자 그때껏 서로의 성향이라고 생각했던 모습들이 평소와는 정반대로 바뀌어버렸다. 나는 자꾸만 높아지는 목소리를 주체할 수 없었고 상원의 목소리는 자꾸만 낮아졌다. 상원은 대화를 이어나가려 했고 나는 상원으로부터 오는 모든 연락을 무시했다. 전화도 받지 않았고 메시지를 읽고서도 답장을 하지 않았다. 내가 너의 부고를 전달받고 상원에게 울면서 운전을 부탁할 때까지. 한 달이 넘는 기간 동안 내내 그랬다.

상원을 처음 만난 것은 대학 중앙 동아리에서였다. '커튼 콜'이라는 이름의 연극 동아리였다. 이미 오리엔테이션 때 학과에서의 적응이 힘들 것 같다는 판단을 내려버린 나는 진작에 눈을 돌려 괜찮은 동아리를 물색하고 있었다. 무슨 동아리가 좋을까. 고려했던 동아리는 여럿 있었지만 커튼콜을 선택하게 된 데에는 경상도 사투리를 고쳐보고자 하는 마음이 컸다. 당시 나는 너무 심한 사투리 때문에 곤란을 겪은 적이 많았다. 과 생활이 힘들 거라고 결론을 내린 것도 나만 보면 집요하게 사투리를 써보라고 말하는 선배 무리가 있었기 때문이다. 연극을 하게 되면 억지로라도 사투리를 고치게 되지 않을까. 그런 생각을 하며 연극 동아리에 들어가야겠다는 결론을 내렸다. 가입 신청서를 내고 면접 비스무리한 것을 보긴 했지만, 별 어려움 없이 가입할 수 있었다. 그러나 애초의 기대와는 많은 것이 달랐다. 나는 1학년이었지만 삼수생이었고 그렇게 사교적인 성격도 아니었으므로 동아리에서의 적응 역시 쉽지 않았다. 나름대로 최선을 다했지만 조금씩 지쳐가고 있다는 사실을 스스로도 느낄 수 있었다. 인간관계가 주는 피로와 혼자라는 외로움 사이에서 어떤 선택을 내려야 할지 고민하고 있을 때 상원을 알게 되었다.

상원의 첫인상은 나쁘지 않았다. 외모는 평범한 편이었지

만 자신에게 맞는 옷을 자신에게 맞는 방식으로 입고 꾸밀 줄
알았다. 대상을 가리지 않고 먼저 다가가 인사했고 말을 걸거
나 들을 때는 상대방의 눈을 피하는 법이 없었다. 거의 모든 상
황에서 분위기를 주도할 줄 알았고 사려야 할 때를 정확하게
파악해내는 눈치 또한 있었다. 사람들은 그런 상원에게 의지
를 많이 했다. 상원 역시도 그 사실을 알고 있었으나 딱히 부담
스러워하거나 피하지 않았다. 언제든 사랑하고 사랑받는 일에
익숙한 사람. 어디서든 빛이 나는 사람. 상원에게는 미안한 말
이지만 솔직히 말해 상원을 볼 때면 네 생각이 많이 났다. 너도
꼭 그런 사람이었으니까.

　우리가 다닌 고등학교는 미션스쿨이었고 매주 수요일 1교
시는 채플이었다. 당시 나는 1지망으로 지원했던 학교에 떨어
졌다는 점, 그렇다고 2, 3지망 학교에 배정된 것도 아니라는
점, 더군다나 입학하게 된 학교가 하필이면 개신교 재단에서
운영하는 미션스쿨이라는 점 때문에 우울에 빠져 헤어나지 못
하고 있었다. 그런 나에게 매주 수요일 1교시는 피하고 싶어도
피할 수 없다는 점에서 체벌과 크게 다르지 않았다. 내 잘못이
없다는 점에서는 더 최악이었다. 채플은 교내에서 가장 넓은
대강당에 전교생이 모여, 초청된 명사나 목사님의 말씀을 듣는
식으로 이루어졌다. 그때 나는 자꾸만 움츠러들었다. 나를 받
아들이지 못하는 곳에서 나를 받아들이지 못하는 사람들 사이

에 앉아 나를 받아들이지 못하는 사람의 성공담을 듣는, 그 기분을 표현할 수 있는 적절한 말을 나는 아직도 찾지 못했다. 물론 그 자리의 모든 사람이 그러지는 않았을 것이다. 평준화 지역이니만큼 학생들 중에는 나처럼 추첨 배정을 통해 오게 된 아이들도 있었다. 아니면 별다른 종교적 의식 없이 그냥 집과 가까운 학교에 지원해 온 아이도 많았다. 모든 개신교 신자들이 포비아가 아니라는 점 역시 이제는 알고 있다. 하지만 그때의 나는 그런 생각을 할 수 있을 정도로 여유롭지 못했고 어디로든 도망치고 싶다는 생각만 자꾸 들었다. 그래서 첫 주 채플에 참여한 이후로는 채플 시간마다 몰래 화장실에 숨었다. 채플은 대규모의 인원이 함께 참여하는 시간이었고 운이 좋다면 걸리지 않을 수도 있을 거라고 생각했다.

1학년 때 너는 우리 반의 임시 반장이었다. 정식으로 반장을 뽑기 전 한 달 정도 공석인 반장 자리를 담임이 너에게 맡긴 것이었다. 나중에 너에게 들어 알게 됐는데, 네가 담임과 같은 교회를 다녔고 어려서부터 알고 지냈기 때문이었다. 너는 담임에게 반장 같은 건 하고 싶지 않다고 정중하게 말했지만 담임은 네 말을 듣지 않았다. 어느 수요일 조회 시간에 담임이 너에게 말했다. 몰래 채플에 빠지는 아이가 여럿 있다고, 그러니 반장이 꼭 인원을 체크해 보고하라고. 여기저기서 탄식이 터져 나왔다. 짧은 조회를 마친 담임이 교실을 나가고 나는 1교시가 시작되기 직전까지도 고민했다. 그러나 마땅히 방법이 없었다. 채플에 참여해 내게는 지옥 같던 그 시간을 견디거나 언제나처럼 화장실에 숨어 다가올 모욕과 체벌의 시간을 기다리는 것만이 내게 주어진 선택지의 전부였다. 나는 결국 후자를 택했다. 화장실에 숨어 1교시가 끝나기를 기다리는 내내 겁에 질려 조금 울었다. 다른 무엇보다 내가 겁에 질렸다는 사실이 억울해서 울지 않을 수가 없었다. 쉬는 시간을 알리는 종이 울리고 나는 눈치를 보다가 교실 앞에서 돌아오는 반 아이들의 대열에 합류했다. 너와 눈이 마주쳤으나 너는 내게 아무 말도 하지 않았다. 인원 체크도 했을 것이고 합류하는 순간 눈이 마주쳤으므로 네가 내 부재를 모를 리가 없었다. 그런데 그날 내게는 아무 일도 일어나지 않았다. 너는 쉬는 시간에 교실에 들어와 빠진 아이가 없었느냐고 묻는 담임에게 대답했다. 없었습니다. 모두 참석했습니다.

그날 점심시간에 내가 네게 이유를 물었을 때 너는 이렇게 대답했다.

"니 싫어하잖아. 그래서 빠진 거 아이가?"

"그래도 니가 혼날 수도 있었는데."

"담임 별로 관심도 없다. 그냥 겁 좀 준 기다."

"그래도."

"마. 안 믿는 걸 우찌 믿게 만드노. 내는 그런 거 못한다."

"다음부터는 꼭 갈게. 미안하다."

"괜찮으니까 조심만 좀 해라. 안 들키게, 조심만."

너는 그해 우리 반의 반장이 되었다. 처음에는 의아하게 생각했다. 반장 후보로 출마할 사람이 없느냐는 담임의 물음에 너는 스스로 손을 들어 자원했다. 새끼, 하기 싫다더니 해보니까 욕심 좀 나드나? 담임의 말에 나와 너를 제외한 아이들이 모두 크게 웃었다. 아이들과 선생님들 모두에게 인기가 많았던 너는 대부분의 표를 받아 당선되었다. 다음 해에도 우리는 같은 반이었고, 너는 또 반장이 되었다. 덕분에 나는 2년 내내 거의 모든 채플에서 빠질 수 있었다. 3학년이 되면서 우리는 처음으로 반이 갈렸지만 3학년은 채플 참여 여부를 자율적으로 선택할 수 있었다. 그리고 너는 반장 선거에 나가지 않았다. 권력욕 좀 비웠나? 장난스레 묻는 내게 너는, 이제 공부해야지, 웃으면서 대답했다.

상원과 내가 장례식장에 도착한 것은 새벽 4시가 조금 넘은 시간이었다. 막상 도착하니 차 문을 열고 내리기가 두려웠다. 새벽이었는데도 주차장에는 차가 제법 많았고 흡연 구역에도 사람들이 몇 있었다. 일단은 담배를 좀 피워야겠다는 생각이 들었다. 내가 문을 열고 나서자 상원 역시 차에서 내려 내 뒤를 따라왔다. 정신없이 나오느라 미처 담배를 챙기지 못한 상태였고 나는 상원에게 담배를 한 대 빌렸다. 불을 붙이고 첫한 모금을 빨아들이자 순간적으로 온몸에 힘이 풀렸다. 상원은 비틀거리는 나를 부축하기 위해 다가오려 했지만 내가 제지했다. 상원과 나는 조금 거리를 두고 서서 담배를 피웠고 각자 다른 방향으로 연기를 뿜었다. 연기를 뿜으려 고개를 돌릴 때마다 어지러웠고 계속 헛구역질이 났다. 스무 살 때 흡연을 시작했으니 꼬박 6년을 피워온 것인데도 역하게 느껴졌다. 도저히 끝까지 피울 수 없었고 손가락으로 필터를 튕겨 반쯤 피운 담배를 꺼버렸다. 그러나 또 발걸음이 떨어지지 않아 상원에게 담배 한 대를 더 빌려 입에 물었다. 불은 붙이지 않았다.

"야야."

그때 흡연 구역 구석에 혼자 서 있던 여자가 나를 불렀다. 처음에는 나를 부르는 줄도 몰랐다. 내가 대학에 입학했을 때 우리 가족이 모두 서울로 이사를 했고 너는 죽었으므로 이제 이 도시에 마땅히 지인이라고 부를 사람이 내게는 없었으니까. 야야. 봐봐라. 내가 반응을 보이지 않자 여자는 몇 번이나 다시 나를 부르다가 들고 있던 담배를 재떨이에 비벼 끈 후 아예 내 앞에 와 섰다. 키가 무척 작아 고개를 조금 숙여야만 얼굴을 마주 볼 수 있었다. 나는 여자의 얼굴을 확인하자마자 입에 물고 있던 담배를 빼내 손에 쥐었다. 네 어머니였다. 상복을 입고 있었고 부은 눈두덩 속으로 조금씩 보이는 눈동자가 붉게 충혈되어 있었지만 한눈에 알아볼 수 있었다. 내가 알던 모습 거의 그대로인 네 어머니가 나를 올려다보고 있었다. 너무 놀라 아무런 말도 나오지 않았다.

"니 맞제?"

네 어머니는 한 발자국 더 다가오며 물었다. 나는 어머니의 시선을 피해 고개를 아래로 푹 숙였다. 그러자 낡은 삼선 슬리퍼가 눈에 들어왔다. 슬리퍼의 하얀 선마다 네임펜으로 네 이름이 적혀 있었다. 네가 고등학교 때부터 신던 그 슬리퍼였다. 아마도 네 어머니가 너를 간호하며 병원에서 신던 것을 그대로 신은 채 장례식장에 온 것 같았다.

"니 맞잖아. 니 맞제?"

내가 아무런 대답도 하지 않자 네 어머니가 떨리는 목소리로 다시 물어왔다. 나는 크게 심호흡을 한 후 앞니로 아랫입술을 세게 물었다가 놓으며 대답했다.

"네, 저 맞아요. 저 맞아요, 어머니."

차마 고개를 들 수는 없었고, 그래서 네 어머니가 어떤 표정으로 나를 보고 있을지, 어떤 마음으로 내 앞에 섰을지를 유추할 수 없었다. 상원이 내 곁에 다가와 서는 게 느껴졌다. 참으려 했는데 자꾸만 어깨가 떨렸다.

"보자. 좀 보자. 고개 좀 들어봐라."

네 어머니가 팔을 쭉 뻗어 내 뺨을 쓰다듬었다. 나는 천천히 고개를 들어 어머니를 보고, 마스크를 고쳐 쓰는 상원을 보고, 괜히 하늘을 한번 올려다보고, 다시 어머니를 바라보았다. 이상하게도 웃음이 나왔다.

"웃는 거 보니까 알겠네."

"죄송해요. 죄송합니다, 어머니."

"늦었네. 춥다. 들어가자."

네 어머니가 앞장섰고 마스크를 쓰며 내가 그 뒤를 따랐고 아주 느린 걸음으로 상원이 나를 뒤따랐다.

우리가 살던 곳은 시 중심에서 북쪽으로 멀리 떨어진 면이었다. 마을 자체는 컸지만 워낙 외진 곳이어서 주변에는 콩이 자라는 넓은 밭과 파프리카를 재배하는 비닐하우스밖에 없었다. 우리 학년에서 그 마을에 사는 사람은 우리뿐이었다. 딱히 그러지 않을 이유가 없었으므로 우리는 등하교를 같이했다. 우리 동네까지 들어가는 노선의 버스는 딱 하나뿐이었고 그 버스가 저녁이면 끊겼기 때문에 우리는 야간 자율 학습에 참여하지 않는 몇 안 되는 학생이었다. 동네에는 학원이나 독서실이 없었고 우리는 자연스럽게 누군가의 집에 모여 공부를 하거나 놀았다. 우리 집으로 네가 찾아오는 경우도 있었지만 당시 우리 집은 할머니를 모시고 사는 대가족이었고 보통은 누군가가 있었다. 반대로 너희 집은 비어 있는 경우가 많았다. 네 어머니는 시내에서 작은 천막사를 운영하는 사장님이었고 아버지는 네가 아주 어릴 때 일을 하다가 돌아가셨다고 했다. 그래서 처음 1, 2년 정도는 대부분의 시간을 너희 집에서 보냈다.

"괜찮다, 눈치 보지 마라. 엄마는 저녁 늦게 온다. 8시, 9시?"

처음 너희 집에 갔던 날 현관 앞에 서서 쭈뼛거리던 내게 너는 그렇게 말해주었다. 어떻게 하면 네 어머니에게 잘 보일 수 있을지 머릿속으로 다양하게 시뮬레이션을 돌려보던 나는 허탈하게 집 안으로 들어섰다. 너는 거실에 책가방을 아무렇게나 던져두고 바로 교복 바지를 벗어 세탁기에 집어넣었다. 바지 입으라고 미친놈아. 나는 너를 제대로 쳐다보지도 못한 채 소리를 질렀고 너는 낄낄거리며 부엌으로 가 라면을 끓였다. 우리끼린데 뭐 어떻노. 네가 말했고 나는 기분이 이상해져서 우리끼리, 우리끼리, 중얼거리다가 조금 웃었다.

너희 집 현관에 들어서면 바로 보이는 벽에는 나무로 된 십자가가 걸려 있었다. 십자가는 앞에 서면 얼굴이 비칠 정도로 표면이 반듯하고 매끄러웠다. 나는 네가 라면을 끓이는 동안 십자가 앞에 서서 십자가에 비치는 내 얼굴을 들여다봤다.

"나문데 얼굴이 비치네."

"자주 닦으면 그래 되더라. 하루에도 몇 번씩 닦는다."

"어머니가?"

"어. 내가 할 때도 있고. 상 피라."

너는 대수롭지 않게 말했지만 나는 아무래도 신경이 쓰였다. 솔직히 말하자면 신을 향한 네 믿음이 가벼운 것이기를 바랐다. 나는 밥상을 펴고 한쪽에 앉아 네 뒤통수에 대고 물었다.

"니는 언제부터 교회 다녔는데?"

"언제부터? 날 때부터."

"그게 말이 되나? 믿기도 전에 나갔다고?"

"그렇네. 다니면서 믿게 됐다."

"왜? 어쩌다가? 계기가 있나?"

"엄마가 믿으니까."

너는 그렇게 말하며 다 끓인 라면을 냄비째로 가져와 내 맞은편에 앉았다. 뚜껑을 열자 냄비 속에 고여 있던 김이 한꺼번에 솟아올랐고 바로 앞에 앉은 네 얼굴이 순간적으로 흐릿해졌다. 너는 눈을 감고 손을 모아 기도를 한 후에 젓가락을 들었다. 나는 네 말이 아주 이상하다고 생각했지만 그런 말을 할 수는 없었다. 그사이 네가 덧붙였다.

"내는 엄마가 믿는 건 다 믿는다. 엄마가 하라는 건 하고 말라는 건 안 하고. 엄마랑 내한테는 엄마랑 내뿐이니까."

우리는 라면을 다 먹을 때까지 아무런 말도 하지 않았다. 국물까지 다 마셔 텅 비어버린 냄비에 그릇과 수저를 담아 싱크대로 가져가는 네게 나는 물었다.

"그럼 니가 믿는 건 다른 거 아니가?"

"내가 니한테 억지로 믿으라고 안 하잖아. 니도 그런 말 하지 마라."

너답지 않게 단호한 목소리와 말투였다. 나는 그때 깨달았다. 애초에 그런 건 중요하지 않다는 것을. 중요한 것은 우리가 결국 다른 것을 믿으며 산다는 사실이었다. 내가 한 번도 말해 준 적이 없으므로 너는 몰랐을 것이다. 그날 내가 1지망 학교에 떨어졌을 때보다, 배정된 학교가 미션스쿨이라는 것을 알게 됐을 때보다, 훨씬 더 깊은 절망감을 느꼈다는 사실을. 너는 수세미에 세제를 묻혀 설거지를 시작했고 나는 네 뒤통수를 바라보며 물티슈로 밥상을 닦았다. 이미 다 닦아서 닦을 것이 없는데도 계속, 계속.

시험 기간이 되면 우리는 자정까지 함께 공부하는 날이 많았고 자연스럽게 네 어머니를 만나는 날도 많았다. 그러지 않았으면 좋겠다고 생각했지만, 네 어머니는 정말 좋은 사람이었다. 고된 일을 마치고 늦은 저녁에 집으로 돌아오면 피곤했을 텐데도 꼭 너와 대화를 나누려 노력했다. 오늘 있었던 좋은 일, 싫은 일을 공유했고 자기 일처럼 기뻐하거나 분노해주는 일이 능숙한 사람이었다. 그런 후에는 그 모든 일에 대해 너와 함께 기도했다. 오늘 하루 죄짓지 않게 해주심에 감사드립니다. 저희에게 견딜 수 있는 시련만 주심에 감사드립니다. 저희의 날을 주님의 나라의 영광을 위해 사용하소서. 아멘.

"야는 교회 안 다닌다."

네 어머니가 내게 함께 기도하자고 말했을 때 너는 그렇게 말했다. 나는 당황하며 너와 네 어머니를 번갈아 바라보았고 네 어머니는 잠시 생각하다가 그래도 오라고, 함께 기도해보자고 내게 말했다. 내가 잠시 고민하고 있는 사이에 네가 네 어머니를 말렸다.

"안 믿는다고. 안 믿는데 왜 자꾸 그라는데, 부담스럽게."

순간 이상한 마음이 들었다. 기도를 하고 싶다는 마음. 너와 같은 것을 바라고 믿을 수 있을 것 같다는 마음. 나는 천천히 너와 네 어머니에게 다가가 앉았다. 너는 조금 놀란 것 같았지만 별다른 말은 하지 않았다. 그날 기도의 내용이 무엇이었는지는 전혀 기억나지 않는다. 기도를 마친 후 내적으로든 외적으로든 무언가가 변하지도 않았다. 알 수 없는 것을 모르는 채로, 모를 수 없는 것을 아는 채로. 그 후로도 나는 그렇게 살았다. 그것이 내가 살면서 해본 첫 기도였다.

그리고 마지막 기도는 그날이었다.

"니 지금 뭐 하노."

어느 날, 그러니까 네가 운석인지 아닌지 알 수 없는 돌멩이를 줍기 한 달 전. 우리는 태어나 처음으로 술을 마셨다. 3학년이 되었으니 본격적으로 수험 생활이 시작되기 전에 우리도 한번 놀아보자는 네 말에 내가 그러자고 대답했다. 당시 나는 너와 함께라면 정말로 겁나는 게 없었으니까. 그러나 호기로운 그 말과는 달리 너는 술이 아주 약했고 소주 한 병을 비우기도 전에 잠들어버렸다. 너는 언제나처럼 팬티만 입은 채였고 나는 잠든 네 옆에 가만히 누워 한참 동안 네 얼굴을 마주 보다가 이상한 느낌이 들어 시선을 아래로 움직였다. 네 팬티 앞부분이 조금 부풀어 있었다. 처음에는 착각인가 싶었는데 그 부분만 점점 더 부풀어 오르는 것이 한눈에 보였다. 왜일까. 물론 당시의 우리에게 발기는 전조가 필요한 신체 변화가 아니었고 말하자면 시도 때도 없이 발생하는 자연스러운 일에 가까웠다. 그렇지만 왜, 왜 하필 그때였을까. 나는 조금씩 거리를 좁혀 네 숨이 내 얼굴에 닿을 정도로 가까이 다가갔다. 내 교복 바지의 단추를 풀고 팬티 속에 손을 넣었다. 네 눈치를 살피며 조심스럽게 이루어지던 수음은 조금씩 조금씩 거칠어졌다. 내가 무슨 짓을 하고 있는지 나조차도 자각하지 못한 채였고 천천히 무뎌지던 죄책감과 시간 감각은 얼마 가지 않아 완전히 사라져버렸다. 내가 입고 있던 바지와 팬티는 어느새 허벅지 아래까지 내려간 채였다. 네가 깬다면, 깨어나 나를 본다면 어떤 변명도 할 수 없는 상황이었다. 내 모든 신경이 너의 얼굴과 숨소리에 쏠렸다.

　　그때 등 뒤에서 현관문 열리는 소리가 들렸다. 나는 돌아보지 못했고 한동안 침묵이 이어졌다. 그제야 나는 내가 무슨 짓을 저질렀는지 자각할 수 있었다. 이건 아닌데. 내가 이런 짓을 했을 리 없다. 꿈이다. 꿈이어야 한다. 그러나 낮게 갈라지는 네 어머니의 목소리를 듣고, 바지와 팬티를 한꺼번에 올려 입고, 도망치듯 뛰쳐나와 집으로 돌아온 후에야 나는 알 수 있었다. 그건 꿈이 아니었다.

처음에는 믿을 수 없었다. 어떤 일이 있어도 일어나선 안 되는 일이었고 일어날 수 있을 거라는 생각조차 해본 적이 없었다. 걷잡을 수 없이 커지는 불신을 비집고 솟구친 감정은 두려움이었다. 엄마가 믿는 건 모두 믿는다고, 엄마가 하지 말라는 건 안 할 거라고 말하던 네 모습이 생각나서. 네 어머니라면, 너와 모든 것을 공유하기 위해 노력해온 그 사람이라면 너에게 이 일을 얘기하지 않을 리가 없었다. 네가 알게 된다는 것. 그래서 결국 너를 잃게 될 거라는 사실이 두려웠다. 나는 침대에 누워 해가 뜰 때까지 믿어본 적도 없는 신에게 기도했다. 내가 지은 죄를 용서해달라고. 잘못했다고. 신을 피해 도망치다가 필요할 때만 신을 찾는 사람. 기도를 비웃고 믿음을 배신한 후에야 기도하는 사람. 나는 비겁했고 이기적이었지만 간절하고 간절했다.

그러나 변한 것은 없었다. 이후에도 너는 나를 이전과 다를 것 없이 대했다. 처음에 나는 너에 대한 죄의식 때문에 너를 피해 다녔다. 그러다가 차츰 너의 행동이 상황을 무마하고 관계를 유지하기 위한 연기가 아니라는 것을 알 수 있었다. 너는 그런 일이 있었다는 사실 자체를 모르는 듯했다. 어떻게 그럴 수 있었는지, 네 어머니가 왜 너에게 아무 말도 하지 않았는지 나로서는 알 수가 없었다. 몇 주간 내가 피하고 네가 쫓는 역설적인 방식으로 관계가 이어졌다. 얼마 지나지 않아 나도 전처럼 너를 대할 수 있게 됐다. 어떻게 감히 그럴 수 있었을까. 그런 나를 나도 잘 이해할 수 없었지만 그때는 다행이라는 생각이 들었다. 돌이켜보면 나는 네가 아니라 나를 위해 너를 잃고 싶지 않았다. 너는 너도 모르게 내가 견딜 유일한 힘이 되어 있었다. 그 후부터는 너희 집에 가기가 두려웠고 우리는 우리 집에 모였다. 이유를 묻는 네게 그 무렵 병환이 깊어진 할머니 핑계를 댔다. 너는 우리 할머니를 걱정해주며 의심 없이 우리 집에 왔다.

오랜만에 찾아온 너희 집은 거의 달라진 것이 없었다. 현관에 들어서서 마스크를 벗자 익숙한 방향제의 향이 풍겨왔다. 발인은 아침 7시라고, 두어 시간 정도 남았으니 우선은 집에 가서 좀 씻고 오라고 네 어머니가 빈소를 나서는 내게 말했다. 나는 잠시 고민하다가 그러겠다고 대답한 후 상원과 함께 너희 집에 왔다. 상원이 먼저 씻는 동안 나는 천천히 집을 둘러보았다. 현관 앞에 걸린 나무 십자가는 여전히 얼굴이 비칠 정도로 표면이 매끄러웠다. 십자가 속에서 나는 아무런 표정도 짓지 않았다. 그 모습이 보기 싫어 서둘러 시선을 옮겨버렸다. 라면을 끓이던 양은 냄비, 다리 하나가 삐걱이던 작은 밥상, 공간에 비해 너무 큰 텔레비전. 모든 것이 그대로였다. 시간이 멈춰버린 것 같았다. 그러나 네가 없었다. 앞으로도 없을 것이다. 그런 생각을 하다가 고개를 저었다.

느린 걸음으로 집 이곳저곳을 둘러보던 나는 네 방문 앞에서 조금 망설이다가 손을 뻗어 문고리를 돌렸다. 프레임 없이 매트리스만 덩그러니 놓인 침대는 이제 스프링이 다 망가져 좌우의 기울기가 달랐다. 살짝 걸터앉았더니 요란한 소리가 났고 나는 깜짝 놀라 다시 일어섰다. 벽에 걸린 어릴 적 사진, 조그마한 십자가, 태권도 품증 같은 것들을 손으로 쓸어보다가 마침내 나는 원목으로 된 낡은 책상 앞에 섰다. 심호흡을 한번 하고서 고개를 숙여 책상 위를 바라보았다. 그러나 그런 준비 동작들은 다 부질없는 일이었다. 나는 알고 있었으면서도 무너져버렸다. 눈물이 맺히고 흐를 때마다 눈앞이 흐려지고 맑아지기를 반복했다. 있었다. 너무나 당연하다는 듯이, 여전히. 아주 작고. 단단하고. 여기저기 모난 것이. 나는 한동안 말없이 돌멩이를 보며 울다가 상원이 화장실에서 나오는 소리를 듣고, 천천히, 천천히 방문을 닫고 나왔다.

네가 많이 아프다는 소식을 처음 전해 들었을 때에도 상원이 동행했다. 가장 친한 친구의 병문안이라고 말해줬는데도 상원은 조금 들떠 있었다. 내가 나고 자란 곳에 가보는 것이 처음이고 기차를 타는 것도 처음이라며, 환하게 웃는 상원을 이해하려 노력했지만 쉽지 않았다.

"여행이 아니라고. 병문안 가는 거야."

"알아, 미안해."

상원의 사과는 언제나처럼 진심이었다. 그러나 그것과는 별개로 상원은 기대감에 젖은 표정을 숨기지 못했다. 나는 마음이 심란한 상태였고 그 와중에 상원과 다투기까지 하면 감정 소모가 너무 심해질 것 같았다. 그래서 그냥 그럴 수 있다고 생각하기로 했다. 그럴 수 있지. 그럴 수도 있지.

그러나 내가 너에게 상원을 친구라고 소개했을 때. 상원이 너를 보는 내 표정을 가만히 바라보다가 문득 친구 아닌데, 하고 말했을 때. 침묵이 흘렀을 때. 나는 아무런 말도 할 수 없었다. 그냥 도망쳐야 한다고, 도망치고 싶다는 생각만 들었다. 나는 상원을 네 곁에 남겨두고 병실을 뛰쳐나왔다.

상원이 자신의 성적 지향을 숨기는 사람이 아니라는 사실은 알고 있었다. 상원은 친해진 직후 나에게 커밍아웃을 했고 평소에도 상원에게 호감이 있었던 내가 고백하자 크게 고민하지 않고 수락해줬다. 그러나 상원과 사귀기 시작한 후로 상원의 그런 점이 조금 버겁다는 생각이 들었다. 나는 줄곧 상원에게 말해왔다. 나를 배려해주길 바란다고. 나는 너처럼 그렇게 살 수 없다고. 상원은 이해할 수 없다는 얼굴로 알겠다고 말했지만 자주 실수했다. 동아리 동기들 앞에서, 상원의 친구들 앞에서, 그 외 일상을 살아가는 순간순간 그랬다. 실수인지 아닌지를 정확히 파악할 수는 없었지만 나는 믿고 싶었다. 그냥 실수라고. 상원은 나를 배려해주고 있다고. 그러나 그날 그 순간의 상원에게는 그럴 수 없었다. 상원의 의도는 너무나도 명백했다.

상원은 한참이 지난 후에야 숙소로 돌아왔다. 나는 상원에게 소리쳤다.

"너 미쳤어?"

"아니, 그게 아니고. 나는 가장 친한 친구라고 그러기에 당연히⋯⋯"

"내가 말했잖아. 나는 너처럼 그렇게 못 한다고. 그렇게 안 살았다고."

"나라고 그러고 싶었겠어? 형이 봤어야 해. 그 사람 볼 때 형이 어떤 표정을 짓는지 봤어야 한다고."

"너 뭐라고 했어?"

"아니, 좀. 진정하고, 말 좀 들어봐."

"개새끼야. 내가 너 조심하라고 했지. 조심하라고."

상원이 무어라 중얼거렸지만 전혀 듣고 싶지 않았다. 나는 짐을 챙겨 숙소를 나섰고 혼자 기차를 타고 돌아오면서 너에게 전화를 걸었다. 너는 받지 않았다. 전화를 걸고 또 걸었는데도 마찬가지였다. 이제는 정말로 너를 볼 수 없을 것 같았다. 다 끝나버렸다는 생각만 자꾸 들었다. 그런데 서울에 도착한 직후 네가 보낸 메시지를 받았다. 나는 황급히 휴대폰의 잠금장치를 풀고 그 메시지를 읽었다. 먼저 눈에 들어온 것은 사진이었다. 익숙한 원목 책상 위에 놓인 돌멩이. 색도, 모양도, 무게도, 잊어본 적 없는 그것이 네가 보낸 사진 속에서 반짝이고 있었다. 나는 웃어버렸다. 건너편에서 나를 향해 온 힘을 다해 달려오던 네 모습이 떠올랐고 웃지 않을 수가 없었다.

아직도 여기 있다.

너는 그렇게 썼다. 나는 그러네, 이걸 아직도 가지고 있네, 참 징하네, 그렇게 써서 보낸 후 네가 보낸 사진을 앨범에 저장했다. 잠시 후 네게서 전화가 왔다.

"도착했나?"

조금 쉬고 갈라지긴 했지만 내가 항상 들어왔던 그 목소리였다. 나는 풀려버린 다리에 가까스로 힘을 주고 서서 고개를 끄덕이며 대답했다.

"그래, 도착했다."

발인을 마친 직후 상원과 나는 서울로 돌아왔다. 돌아오는 내내 상원은 아무런 말도 하지 않았고 나는 뒷좌석에 뒀던 운석빵을 하나씩 꺼내 먹었다. 맛이 없진 않았지만 그렇다고 특별히 맛있지도 않았다. 서너 개쯤 먹자 배가 부르다기보다는 물려서 먹고 싶지 않았고 다시 뚜껑을 덮은 상자를 뒷좌석에 던져둔 후 졸음이 쏟아져 잠들어버렸다.

운구차를 타고 이동하는 동안 네 어머니와 나는 많은 대화를 나눴다. 새벽 내내 운전을 한 탓에 상원은 맨 뒷좌석에 앉아 코를 골며 자고 있었다. 네 어머니는 내게 상원에 대해 이것저것 물어왔다.

"잘생겼네. 훤칠하이. 친구가?"

"친구, 어……"

"설마 니 아직도 그거가?"

"어머니, 그거는."

"이제 안 그라제?"

나는 아무런 대답도 할 수 없었다. 어디서부터 어떻게 설명해야 할까. 상원과 나는 이제 어떤 관계일까. 수없이 고민해온 문제와 그때껏 해본 적 없던 고민이 뒤엉켜 혼란스러웠다. 내 표정을 살피던 너의 어머니가 입을 크게 벌리며 억지로 하품을 했다.

"니는 인자 완전 서울 사람 같다. 처음에 긴가민가했다."

"아이고, 사투리 고친다고 이래저래 고생했습니다."

"만다 그라노. 고마 살면 되는 거를."

"그러니까요. 그냥 살아도 되는 거였는데. 그걸 최근에 알았어요."

"남 같다, 참말로."

"어머니."

"와."

"찾아뵙고 싶었는데 못 그랬어요. 너무 죄송하고 감사해서."

"뭐가."

"그때, 그날 보셨던 거요. 말 안 해주셨잖아요. 그거요."

"내는 말했다."

"네?"

"내는 말했다고. 니 그날 뭐 했는지. 걔가 그러고 있더라, 그런 애다, 그러니까 이제 어울려 놀지 마라, 그리 말했다고."

나는 고개를 돌려 네 어머니를 바라보았다. 네 어머니는 한동안 앞을 바라보다가 내 시선을 느꼈는지 고개를 돌려 나를 마주 보았다.

"엄마, 가는 좋은 아다. 우리 집에서 지는 믿지도 않는 신한테 기도하는 거 못 봤나? 남이 믿는 걸 위해서 기도할 줄 아는 애다. 우리도 해줘야지. 걔 믿는 것도 믿어줘야지."

"그랬어요?"

"미친놈 아이가? 웃기지도 않제?"

네 어머니는 그렇게 말하면서 웃었다. 정말 웃길 때만 나올 수 있는 웃음이었다. 나는 따라 웃는 한편 그제야 오랫동안 품고 있던 의문이 해소되는 느낌을 받았다. 고집이라곤 부려본 적도 없는 네가 왜 그렇게까지 운석을 주우려고 했는지. 왜 나를 꼭 데려가려고 했었는지. 우리끼리 믿자. 같이 믿자. 그 말을 하기 위해 네가 얼마나 많은 밤을 고민으로 보냈을지. 나와는 다른 방식으로 네가 나를 얼마나 아꼈는지.

등 뒤에서 상원의 코 고는 소리가 들렸다. 나는 휴대폰을 꺼내 앨범을 열었다. 네가 보내온 사진이 가장 마지막에 저장되어 있었다. 나는 화장터에 도착할 때까지 한순간도 시선을 옮기지 않고 그 사진을 바라보았다. 마스크를 잘못 쓴 탓에 안경에 자꾸만 김이 서렸지만 닦지 않고 흐린 채로 두었다. 그래도 괜찮았다.

돌멩이는 그 자리에 두고 왔다. 낡은 원목 책상 구석, 네가 뒀던 곳에서 조금도 움직이지 않고 그 자리에.

"상원아."

상원의 차가 집 앞에 도착했고 아무런 말도 하지 않는 상원을 향해 내가 말을 걸었다. 상원은 고개를 돌려 나를 물끄러미 바라볼 뿐 대답하지 않았다.

"고맙다. 고생했어. 운전도 그렇고, 이것저것."

상원의 눈에 눈물이 고여 있었다. 그러나 어쩔 수 없었다. 나는 진심으로 무언가를 믿는 사람의 마음을 이제는 알아버렸고, 적어도 내가 보기에 상원은 그렇지 않았다. 상원을 향한 내 마음 역시도 마찬가지였다. 상원의 말이 맞았다. 그날, 너를 보던 내 표정이 어땠는지 나는 정확히 알 수 없다. 그러나 상원이 그것을 봤고 자신에게는 지금껏 한 번도 보이지 않았던 표정이라는 것을 쉽게 알아챘겠지. 상원과 나는 함께 있어도 영원히 서로를 믿지 못할 것이다. 너와 나, 우리처럼 될 수는 없을 것이다.

"장난이라고 했어. 그날 형 화나서 혼자 나가고 내가 그 형한테 장난이라고, 우리 그냥 친구라고, 그렇게 말했어."

"괜찮아. 괜찮아, 상원아."

"근데 왜 그래. 형 왜 그래, 진짜."

상원이 울먹이며 물었고 나는 아무런 대답도 하지 않았다. 지금 당장은 어떤 말도 보태고 싶지 않았다. 상원은 한숨을 크게 내쉰 후 천천히 눈을 감았다 뜨며 고개를 끄덕였다. 나는 차 문을 조심스럽게 열고 차에서 내렸다. 상원의 차가 천천히 나아가다가 곧 보이지 않는 곳으로 사라졌다. 그제야 운석빵을 차에 두고 내렸다는 사실이 떠올랐고 지나고 보니 계속 생각나

는 맛이네, 하나쯤 더 먹어둘걸 그랬네, 이런 생각이 들었지만
언제나처럼 그냥,

　거기에 있다고.

　멀리.

　그렇게 믿으며 살아갈 것이다.

완공
完工

전쟁이 난다는 소문에도 집 앞에서는 공사가 한창이었다. 인부들은 여느 날보다 분주하게 움직였고 소음은 유난히 컸다. 평소라면 참지 못하고 민원을 넣었을 테지만 지금은 오히려 다행이라는 생각이 들었다. 밤새 뒤척인 탓에 자꾸만 졸음이 쏟아졌다. 그러나 갑자기 전화가 걸려올 경우에 대비해 잠을 잘 수는 없었다. 담배를 피우자. 그러면 조금 나아질 것이다, 졸음 같은 것들, 그게 무엇이든. 그렇게 생각하고 담배를 입에 물었는데 라이터가 없었다. 이상하다고 생각했다. 이상하다. 나는 어제 새벽에도 이 옷을 입은 채 담배를 피웠고 그렇다면 라이터가 바지 주머니에 들어 있어야만 하는데. 양옆의 주머니를 모두 뒤지고 침대 옆 협탁과 화장실 선반, 신발장, 심지어는 냉장고 안쪽까지 뒤졌지만 어느 곳에도 라이터는 없었다. 하는 수 없이 주방에서 가스레인지의 불을 켜고 허리를 숙여 담배 끝을 불에 댔다. 입술에 힘을 주고 힘껏 빨아들이자 불이 붙었다. 최대한 약하게 한다고 한 건데도 화력이 너무 센 탓에 담배 끝이 검게 그을렸다. 어제도 피웠고 내일도 피울 담배인데 평소보다 훨씬 더 몸에 나빠 보였다. 혹시 맛이나 냄새가 다를까 싶어 한동안 입안에 연기를 머금어보기도 했지만 역시 별다를 것은 없었다. 힘껏 내뿜어보아도 마찬가지였다. 연기의 양, 색, 퍼지는 속도 모두 그랬다. 연기는 촘촘한 방충망을 비집고 빠져나가 공사 중인 건물을 향해 흩어졌다. 나는 연기를 따라 느리게 시선을 옮기며 공사 중인 건물과 평소보다 바쁘게 움직이는 인부들을 바라보았다. 도대체 뭐 하는 짓일까, 이 와중에. 모든 것이 사라질 세상에 새롭게 만들어지는 일. 그건 조금, 그러니까 피차 싫지 않을까. 만드는 쪽에서는 지금 힘드니까 싫고 만들어지는 쪽에서는 나중에 싫어질 가능성이 좀 높을 것 같은데.

"만들고 지랄이야, 함부로."

그런 말을 중얼거리다가 물고 있던 담배를 떨어뜨렸다. 나는 한숨을 쉬며 검게 그을린 담배 끝을 노려보다가 허리를 숙였다.

그때, 무언가 깨지는 소리가 들렸다. 멀지도 가깝지도 않은 곳에서, 무척이나 크고 선명하게. 나는 화들짝 놀라 몸을 일으켜 방충망 너머를 바라보았다. 바쁘게 움직이는 인부들, 평소보다 요란한 소음, 용도나 쓸모를 짐작하기 어려운 건물까지 모든 것이 그대로였다. 반드시 깨졌는데. 깨지지 않고서는 날 수 없는 소리였는데. 한동안 창밖을 주시하고 있는데 휴대폰이 진동했다. 저장이 되어 있지는 않았지만 익숙한 번호였고 건네 올 말이 무엇일지 듣지 않고도 알 수 있었다. 그래서 받지 않았다. 나는 다시 허리를 숙여 담배를 주웠다. 어느새 그을린 적이 없었던 것처럼 멀쩡한, 그것을 재떨이에 비벼 끄는데 필터 끝에 잇자국이 선명했다. 그렇겠지. 당연히 멀쩡할 리가 없지. 예상했던 시간보다 조금 더 당겨서, 조금 더 빨리 출발해야만 했다. 나는 전화가 끊기자마자 열차 앱을 켜 KTX를 예매했다. 그 잠깐 사이에도 문자가 몇 통 왔다.

캐리어는 내가 가진 것 중에서 가장 큰 것으로 골랐다. 그곳에 얼마나 오래 있을지는 알 수 없었다. 일주일, 한 달, 아니면 그보다 조금 더 오래 걸릴 수도 있었다. 어쩌면 돌아올 무렵에는 공사가 끝나거나 전쟁이 시작될지도 몰랐다. 아무것도 믿거나 알 수 없었지만 단 한 가지만은 확실했다. 나는 다시 이곳으로 돌아올 것이다. 결코 도망치지 않을 것이다.

나는 다짐하듯 창문을 닫고 캐리어 손잡이를 길게 뺐다. 들지 않고 끌기만 하는데도 캐리어는 많이 무거웠다. 긴 복도를 걸어 엘리베이터를 타고 내려가는 내내 싸구려 캐리어의 바퀴에서는 요란하고 이상한 소리가 났다. 망가지지 않을까 걱정했는데 다행히 그러지는 않았다.

택시를 불러 기다리는 동안 나는 공사장 주변을 기웃거렸다. 아무래도 찜찜했고 알아내야 한다고 생각했다. 무엇이 어떤 이유로, 어떻게 깨지고 망가졌는지. 그 건물은 내게도 중요했으니까. 그러나 건물 주변을 아무리 살펴보아도 깨진 것은 없었다. 공사장 주변에는 뿌옇게 먼지가 날리고 있었다. 겉보기에 멀쩡하다면 안쪽에서 무언가 깨졌을 거라고 생각했다. 나는 마스크를 눈 바로 밑까지 끌어 올리고 건물 출입구로 조심스럽게 걸어갔다. 그때 입구 뒤쪽 기둥에 숨어 담배를 피우던 인부와 마주쳤다. 인부는 마스크를 턱에 걸치고 있다가 나를 발견하고 고쳐 쓰며 말했다.

"들어오시면 안 돼요. 위험합니다."

"네, 아무래도 위험하죠. 죄송합니다. 죄송한데요."

"죄송하실 일은 아니고요. 소리 때문인가요? 너무 시끄럽죠?"

"아니요. 아니, 소리 때문은 맞는데요. 시끄러워서는 아니고요."

"죄송해요. 작업 막바지라서. 우리가 조금 더 주의하겠습니다."

인부는 그렇게 말하며 다시 바쁘게 건물로 들어가버렸다. 아니요. 그런 게 아닌데요. 중얼거리며 따라 들어가려는데 건너편에서 경적 소리가 들렸다. 바라보니 택시였다. 나는 택시로 다가가 번호판을 확인하고 다시 한번 건물을 바라본 후 트렁크에 캐리어를 실었다. 택시에 올라타자 기사가 반갑게 인사를 건넸다. 마스크를 턱에 걸친 채였고 나는 기사에게 마스크를 좀 써달라고 부탁했다. 목적지를 보시면 아시겠지만 제가 지금 역에 가서 기차를 탄다고, 마스크를 좀 써달라고. 기사는 마스크를 쓰면서 자신의 건강함을 과시했다. 그것은 곧 나의 소심함과 타인에 대한 불신을 꾸짖는 말로 이어졌다. 잘못 걸렸다고 생각했다. 기사는 말이 많은 사람이었다. 정말로 많은 말을 쉬지 않고 했다. 전염병과 불신에 대해, 전쟁의 가능성에 대해, 사는 일의 어려움에 대해, 자기 주변의 죽은 이에 대해.

택시에서는 조금 울었고 덕분에 기차에서는 내내 잤다.

*

작년 이맘때 주미 누나가 나를 찾아온 것은 적어도 내게는 예정에 없던 일이었다. 서울에 올라온 후로는 처음이었고 올라오기 전에도 누나를 마지막으로 본 게 언제였는지 잘 기억이 나지 않았다. 고등학교…… 졸업식 때 봤나? 햇수로 꼬박 10년 만에 만난 주미 누나는 우리 사이에 아무 일도 없었던 것처럼, 만남에 공백이 없었던 것처럼 굴었다. 여덟 평이 조금 안 되는 원룸을 빙 둘러보고, 싱크대에 쌓여 있는 그릇과 수저들을 보고, 소주와 맥주뿐인 냉장고를 열어 한참을 그 앞에 서 있다가, 혀를 한번 찬 후에 스프링이 망가져 삐걱거리는 침대에 걸터앉았다.

"자취방은 다 이래. 아마도."

"누가 뭐래?"

누나는 방 한쪽에 가져온 짐들을 아무렇게나 둔 후 싫다고 버티는 나를 끌고 나와 집 근처의 돼지갈비 전문점으로 갔다. 돼지갈비와 소주를 한 병 시키고, 한 병 더 시키고, 세 병째 시켰을 때 나는 이 자리를 벗어나야겠다고 생각했다. 잊고 있었지만 주미 누나의 주량은 인간의 영역이 아니었다. 나는 슬슬 술이 올라오고 있었고 주미 누나에게 이제는 집에 가자고, 갈 시간이라고 말하려고 했다. 그러나 누나가 갑작스럽게 꺼낸 말 때문에 타이밍을 놓치고 말았다.

"곧 죽는대."

누나는 마지막 남은 돼지갈비를 뒤집으며 그렇게 말했다. 나는 맥락을 읽어내기 위해 애를 쓰느라 침묵했고 누나는 무슨 생각을 하는지 알 수 없었지만 그 후로 갈비가 다 익을 때까지 아무런 말도 하지 않았다. 갈비가 다 익자 누나가 소주를 한 병 더 시켰다.

"삼촌?"

"응."

새로 시킨 소주가 반병쯤 비었을 때 내가 물었고 누나가
답했다. 나는 아무 말 없이 일어나 계산을 한 후 먼저 밖으로
나왔다. 담배를 연달아 많이 피웠고 누나는 한동안 나오지 않
다가 남은 소주를 다 비우고서야 밖으로 나와 내 옆에 섰다. 내
게서 담배와 라이터를 빌려 불을 붙인 후에도 누나는 아무런
말이 없었다.

"아픈 거야?"

침묵을 견디다 못한 내가 묻자 그제야 누나는 연기를 뿜으
며 고개를 끄덕였다.

"언제부터 아팠는데?"

"몰라. 말을 안 해."

"어디가 아픈데?"

"모른다니까."

"언제 죽는대?"

"모르지, 그것도."

"그럼 아무것도 모르면서 나한테 그런 얘기를 왜 하는데?
뭐 어떡하라고?"

"서울에 있는 병원으로 가래. 그런데 우리가 서울에 아는
사람이 너밖에 없잖아."

"우리라니. 내 앞에서 우리라니, 누나."

"네가 아빠 좀 설득하면 안 될까? 너한테는 신세를 못 지겠다고 자꾸만 그런다."

"당연한 소리를 하고 있어. 누나는 어떻게 삼촌보다 더 개념이 없냐?"

"그러지 말고, 정원아."

"나를 안다고? 정말 나를 안다면 누나가 이러면 안 돼."

"안 되지. 그래, 이러면 안 되는데. 나도 아는데……"

"누나, 나는……"

"응."

"삼촌 말고 누나도 보고 싶지 않아. 둘 다 죽여버리고 싶어."

주미 누나는 손가락으로 필터를 튕겨 담배를 끈 후에 꽁초를 바지 주머니에 넣었다. 나는 누나에게 공동 현관과 방의 비밀번호를 알려준 후 먼저 들어가 있으라고 말했다. 먼저 가라고, 나는 친구와 한잔 더 하겠다고, 누나가 침대에서 자고, 혹시 내키면 바닥에 이불만 좀 깔아두라고. 누나는 말없이 고개를 끄덕인 후 뒤돌아 걸었다.

내가 친구들을 불러 소주를 조금 더 마시고 집에 돌아갔을 때 누나는 없었다. 누나가 가져온 짐도 보이지 않았다. 침대 위에는 봉투 한 장이 놓여 있었고 그 안에는 현금이 들어 있었다. 두어 달 정도의 월세쯤 되는 돈이었다. 봉투 뒷면에는 전화번호가 적혀 있었다. 아마도 주미 누나의 것 같았다. 도대체 무슨 일이 일어난 걸까. 어떻게 이럴 수가 있는 걸까. 아무리 이해를 해보려고 해도 쉽지 않았다. 당장이라도 울어버릴 수 있을 만큼 화가 났지만 나는 너무 많이 취한 상태였고 그냥 자고 싶었다. 침대에 쓰러지듯 엎어졌는데 아무런 소리도 들리지 않았다. 원래 삐걱거려야 하는데. 망가지고 고장 났으니까 시끄러워야 하는데, 조용했다. 취한 와중에도 그게 참 이상하다고 생각했다.

*

역에 내리자마자 휴대폰이 짧게 진동했다. 화면을 보니 고속버스 앱의 알림 메시지였다. '출발 시간까지 두 시간 남았습니다.' 나는 그제야 원래 예매해두었던 표를 취소하지 않았다는 것을 생각해냈다. 앱에 들어가 순서대로 버튼을 눌렀다. 수수료가 조금 나왔지만 다행히 어렵지 않게 표를 취소할 수 있었다. 원래는 두 시간 후에 출발할 예정이었다. 그러나 나는 이미 도착해야 하는 곳에 서 있었다. 얼마간의 수수료를 지불하고서, 벌써 여기에. 방금 막 도착했는데 쉴 틈이 없었다. 여기서부터 또 목적지를 선택하고 출발해야 했다. 둘 중 어디로 먼저 가야 할까. 일단은 거기. 우선은 그쪽으로. 마음을 정한 후

역을 빠져나왔다.

병원은 역에서 가까웠다. 택시를 타면 아슬아슬하게 기본
요금이 나오는 거리였다. 그러나 나는 걷는 쪽을 택했고 조금
천천히 걸었다. 걸으면서 엄마에게 전화를 걸었고 편의점에 들
러 담배를 샀다. 편의점을 나와 한참 걸은 후에야 또 라이터를
사지 않았다는 사실을 떠올렸고 조금 고민했지만 다시 돌아가
지는 않았다. 나고 자란 고향인데도 초행길처럼 낯설었다. 나
는 휴대폰을 켜 지도를 보고, 지나다니는 사람들에게 두어 번
을 물은 후에야 병원에 도착할 수 있었다. 병원 입구에는 엄마
가 서 있었다.

"왜 나와 있어?"

"너 혼자는 못 들어가. 나랑 같이 가야 간호사가 안다."

나는 엄마를 따라 병원으로 들어갔다. 입구에서 체온을 재
고 방문자 명부에 이름을 적으니 앉아 있던 직원이 손등에 스
티커를 붙여줬다. 돌아보니 엄마의 손등에도 같은 색의 스티커
가 붙어 있었다. 병원에는 평일인데도 사람이 많았고 너무 북
적여서 엘리베이터를 타기 위해서는 오래 기다려야만 했다. 계
단으로 가자고 했더니 엄마는 너무 서두를 필요가 없다고 말했
다. 그런가. 내가 서두르고 있나. 그런 생각을 하며 엘리베이터
에 탔다. 엄마를 따라 내리니 바로 중환자실이 보였다. 중환자
실 앞 소파에는 서너 명의 사람이 앉아 있었다. 전혀 모르는 사

람들이었는데 그들 모두 손등이나 소매에 스티커를 하나씩 붙이고 있었다. 나와 같은 색이었다. 어떻게 같은지, 무엇이 같은지, 잠시 생각하다가 말았다.

"스티커 안 떨어지게 해라. 나중에 들어올 때 또 귀찮아진다."

"이거 없으면 못 들어와?"

"들어올 수는 있지. 근데 다시 처음부터 해야 해. 열 재고, 이름 적고."

"그럼 내일 올 때 그냥 들어오면 되는 거야? 스티커만 있으면?"

"아니, 스티커 색이 매일 달라져. 그날에 맞는 색이어야 해."

그렇게 말하면서 엄마는 지금까지 자신이 받은 스티커로 무지개 세 쌍을 만들 수도 있다고 덧붙였다. 요즘은 병원에만 붙어 있다고, 가게를 너무 오래 닫았다고도 했다. 무지개. 나는 그런 걸 만드는 게 무슨 의미가 있나 싶었다.

호출 벨을 누르니 안쪽에서 간호사가 나왔다. 엄마를 알아본 간호사가 엄마에게 인사를 건넨 후 나에게 환자와의 관계를 물어왔다. 말을 고르느라 대답이 좀 늦었는데 엄마가 대신 나를 강인오의 아들이라고 소개했다. 아들. 내가, 강인오의 아들. 강인오는 엄마의 오랜 동거인이었고 작년쯤에는 엄마의 남편이 되었다. 내가 아주 어릴 때부터 함께 살았으니 나를 오래 봐온 사람들은 모두 내가 강인오의 아들이라고 생각할 것이다. 나는 강인오를 삼촌이라고 불렀지만 엄마는 누군가에게 소개할 일이 있을 때면 반드시 나를 강인오와 자신의 아들이라고 말했다. 강인오와 자신, '우리'의 아들이라고. 간호사는 엄마에게서 시선을 돌려 나를 바라본 후 차갑고 커다란 손을 뻗어 내 손을 잡았다. 잡고서는 아무런 말도 하지 않았다. 다정한 눈이었다. 어떤 악의도 가지지 않고 누구에게든 다정할 수 있는 눈. 알지도 못하면서 함부로 다정할 수 있는 사람. 나는 이런 눈을 알고 있었다. 주미 누나의 눈이었다. 눈물이 날 것 같아 윗입술로 아랫입술을 덮었다. 마스크가 코 아래로 조금 흘러내려 다시 썼다.

"환자분이, 많이 힘드세요. 원래는 지금 전염병 때문에 한 분 이상 들어올 수가 없는데…… 두 분 같이 들어오실게요."

그때 등 뒤에서 어떤 남자가 말했다.

"선생님, 왜 우리는 안 됩니까? 그 사람들은 되고 우리는 왜 안 되는데요? 되려면 다 되고 안 되려면 다 안 돼야지. 우리도 멀리서 왔는데, 멀리서. 사람 좀 보러."

남자의 목소리는 거칠고 컸다. 간호사는 아주 침착하고 느긋하게 남자에게 다가가 그를 데리고 우리로부터 조금 멀리 떨어졌다. 그런 일이 자주 있다는 듯 아주 능숙하고 침착하게 남자를 설득하기 시작했다. 목소리가 너무 작아서 전혀 들리지

않았지만 대충 무슨 말을 하는지는 알 것 같았다. 다르다고 말
했겠지. 상황도 상태도 다르다고. 남자는 간호사의 말이 끝날
때마다 무언가를 더 말하려고 하다가 간호사가 말을 너무 빠르
게 덧붙여 그러지 못했다. 화를 내던 남자는 처음보다 더 굳은
얼굴로 간호사를 지나쳐 비상계단을 내려갔다. 다시 돌아온 간
호사가 우리를 등지고 자동문에 달린 번호 키를 몇 번 누르자
문이 열렸다. 입구에서부터 냉기가 훅 끼쳤다. "들어오세요."
간호사가 말했다. 들어가려다 뒤돌아보니 의자에 앉은 사람들
이 우리를 노려보고 있었다. 나는 그들의 눈을 천천히 마주 보
며 손등에 붙은 스티커를 떼어내 바닥에 버렸다. 스티커는 너
무 쉽게 떨어졌다.

중환자실의 문은 이중으로 되어 있었고 문과 문 사이에는
입장 전에 보호자가 해야 할 일들과 갖추어야 할 것들이 구비
되어 있었다. 나는 명부에 엄마와 내 이름을 적었다. 손을 소독
한 후 간호사가 건네준 비닐 옷을 입고 장갑을 꼈다. 분명히 환
자와 성이 다르다는 것을 알아챘을 텐데도 간호사는 명부를 한
번 쓱 훑어본 후에 별다른 말 없이 우리를 데리고 다음 문을 통
과했다. 무슨 생각을 하고 있을지 궁금했다.

강인오는 중환자실에서도 가장 깊은 곳에 따로 격리되어
있었다. 병실은 한눈에 들어올 정도로, 딱 그만큼만 좁았다. 들
어서자마자 가장 먼저 보인 것은 강인오가 아니라 강인오를 둘

러싸고 있는 기계들이었다. 도대체 어디서 무슨 이유로 나는 건지 알 수 없는 의료용 기계들의 소리와 무엇이 무엇을 계량하는지 알 수 없는 그 위의 숫자들, 어디가 어디에 연결됐는지 알 수 없는 주사기와 선들이 차례대로 보였고 그중에서도 가장 알 수 없는 건 강인오라는 사람이었다. 나는 일부러 강인오를 보지 않고 주변을 둘러봤다. 폐를 대신하는 기계, 신장을 대신하는 기계, 호흡을 대신하는 기계. 누군가의 삶을 대신하는 것이 그곳에는 가득했다. 그래서 나는 그 좁은 병실이 그럴듯하게 꾸며낸 세트장처럼 느껴졌다. 그곳의 모든 상황은 컷 사인을 내리면 끝나버릴 연기 같았다. 나는 컷 소리와 함께 천천히 몸을 일으키는 강인오를 상상했다. 그 순간에도 강인오의 바이털 사인은 어지럽게 흔들리고 있었다.

"아빠를 봐야지. 아빠 보러 왔으면 아빠만 봐야지, 왜 기계를 봐?"

엄마는 강인오의 곁에 서서 말했다. 나는 강인오에게서 한 발자국 떨어져 엄마를 바라보다가 땅바닥을 바라보다가 강인오의 바이털 사인을 바라보다가 결국 강인오를 바라봤다. 감긴 두 눈은 감았다기보다는 접어둔 것 같았다. 갈라져 튼 입술에는 하얗게 침 자국이 말라붙어 있었다. 가슴과 목젖이 서로 다른 속도로 움직이고 있었고 둘 다 조금 빠르다는 것은 쉽게 알 수 있었지만 어떤 것이 더 빠르거나 느린지는 구분할 수 없었다. 목 아래는 두꺼운 이불로 덮여 있었다. 시선을 내리니 이불 끝에 살짝 삐져나와 있는 강인오의 발이 보였다. 부분 부분이 괴사해 움푹 파여 들어간 발은 전체적으로 새까맸다. 내가 멀뚱히 쳐다보고만 있자 엄마가 이불을 아래로 조금 당겼다. 그때 살짝 드러난 가슴 전체를 검고 커다란 반점이 뒤덮고 있었다. 나는 그 반점이 어딘가 익숙하다고 생각했다. 가스레인지로 불을 붙인 담배. 아니, 그보다 더 닮은 것이 훨씬 더 오래전에 있었다. 검은 원. 그을린 자국.

"마지막으로 할 말 하고 나와라."

엄마는 나를 지나쳐 먼저 병실을 나섰다. 엄마가 나간 후에도 나는 천천히 강인오를 지켜봤다. 만나면 하고 싶은 말이 많았다. 그러나 듣지도 못하는 강인오에게 딱히 무슨 말을 건넬 필요는 없다고 생각했다. 한 번 더 천천히, 머리부터 강인오를 훑어보았다. 아까 엄마가 덮어줬던 발이 다시 삐져나와 있었다. 그럴 리가 없는데도 강인오가 이불을 다시 끌어 올린 것처럼 느껴졌다. 조금 놀랐지만 큰일은 아니었다. 병실에는 강인오와 나 둘뿐이었다. 무엇이든 할 수 있었다. 내가 원하는 것, 강인오가 원하지 않는 그 무엇이든.

중환자실을 나섰을 때 대기하고 있던 사람들은 어디론가 사라지고 없었다. 사람들이 앉아 있던 소파 밑에는 떨어졌는지 떼어냈는지 알 수 없는 스티커들이 버려져 있었다. 모두 같

은 색이었다. 날마다 달라지는 모두 같은 색. 오늘의 색은 보라
색이었고 바닥에 떨어진 수많은 스티커 중 무엇이 내가 처음에
버린 것인지를 구분할 방법은 없었다.

*

주미 누나는 한글이나 사칙연산, 어쩌면 숫자보다도 라면
끓이는 법을 먼저 배웠다. 엄마와 강인오는 밤이 지나고 새벽
이 되어야만 지친 몸을 이끌고 집으로 돌아왔다. 당시 두 사람
은 함께 작은 호프집을 운영하고 있었고 동네 장사여서인지는
몰라도 집에 올 때쯤에는 둘 다 취해 있는 경우가 많았다. 두
사람은 우리를 돌보는 일에 관심이 없거나 적어도 서툴러 보
였다. 밥솥이 있었지만 밥이 있었던 날은 거의 없었고 어린 우
리는 자주 배가 고팠다. 그래서 주미 누나는 내가 죽을까 봐 라
면 끓이는 법을 독학했다. 거의 매일, 저녁마다 작은 몸을 날래
게 움직이며 식탁 의자를 밟고 올라가 가스 밸브를 열고 냄비
에 물을 받아 가스레인지에 올린 후 불을 켰다. 물이 끓을 때까
지 기다리는 중에도 틈틈이 뒤로 돌아 내게 무슨 일이 없는지
를 확인했다. 그러다 물이 끓으면 수프와 면을 넣고 면이 푹 익
을 때까지 기다렸다가 냄비를 들고 거실로 왔다. 물의 양도 끓
이는 방식도 매번 달랐다. 면을 먼저 넣거나 수프를 먼저 넣거

나, 심지어 한동안은 수프를 넣어야 한다는 것도 몰라 면만 삶아 먹기도 했다. 너무 짜거나 싱거운 라면을 먹으며 나는 나보다 고작 네 살이 많은 누나의 손끝에서 소중하게 자랐다.

그때 살았던 집에 대해서는 거의 기억나지 않는다. 넓이도 높이도 구조도, 심지어 방의 개수까지도 가물가물하다. 그러나 거실 한구석, 장판 위에 있던 검고 동그랗게 그을린 자국. 그 자국만은 잘못 찍은 사진에 따로 합성한 이미지처럼 선명하게 기억하고 있다. 우리 둘 중 누구도 냄비 바닥이 뜨거울 거라는 생각을 하지 못했던 탓에 받침을 따로 깔지 않았고 그래서 생긴 자국이었다. 자국을 들켜 엄마에게 혼난 이후로 주미 누나는 늘 그 자국 위에만 냄비를 뒀다. 이왕 혼났으니 본전을 뽑으려는 마음이었을 것이다. 때문에 셀 수도 없이 많은 라면을 끓이고 먹었지만 집 안에 그을린 자국은 단 하나뿐이었다. 진한 그을음 때문이었을까. 그럴 리가 없는데도 우리는 거실의 그 어느 곳보다 그 자국 위가 따뜻할 거라고 생각했다. 온기를 품은 그 자국 위에 나란히 누우면 우리는 등 뒤로 그을음을 반씩 나눠 가질 수 있었다. 그때 나는 누나가 그런 사람이라고 생각했다. 상처를 나누어 가지는 사람. 머무른 곳에 온기를 남기는 사람. 짙게 남은 그을음을 가려줄 수 있는 사람. 그리고 누나도 나를 그런 사람으로 생각하고 있을 거라고, 아주 쉽게 믿었다. 나는 그 믿음을 단 한 번도 의심해본 적이 없었다.

병원에서 나와 곧장 찾아간 장례식장에서 본 주미 누나의 영정 앞에는 반쯤 남은 소주 한 병이 놓여 있었다. 제단 주변 어디를 둘러봐도 정종이나 막걸리는 보이지 않았다. 오로지 소주. 장례식 첫날인데도 이미 제단 한쪽에는 빈 소주병이 네 개나 차곡차곡 쌓여 있었다. 주미 누나는 소주 외에 다른 술을 먹지 않았다. 강인오의 친구는 내게 두 개의 검은색 줄이 그어진 완장을 건네며 향이 꺼지지 않도록 해야 한다고 말했다. 적어도 하나의 향은 타고 있어야 한다고. 조문객이 오면 곡소리를 내야 한다고도 했다. 마스크를 꼭 하라고. 빈소를 비우면 안 된다고. 나는 강인오의 친구가 건네준 완장을 왼쪽 팔에 찼다. 강인오의 친구는 눈을 비비며 말했다.

"주미가 너를 참 아꼈다. 업어 키웠어. 애가 애를 키운다고 다들 걱정하고 그랬다."

나는 아무런 대답도 하지 않았다. 하고 싶지 않았다.

"너도 주미를 참 잘 따랐는데. 참, 왜 그랬을까. 주미가, 도대체 걔가."

그렇게 말한 후 강인오의 친구는 내 어깨를 두어 번 두드리고 빈소를 나섰다. 아마 강인오에게 가는 것 같았다. 나는 강인오의 친구가 최대한 멀리 사라질 때까지 기다린 후 어깨를 몇 번 털어내고 제단 앞으로 다가가 향을 빼 들고 촛불 위로 기

울여 불을 붙였다. 향 끝이 조금 그을리는가 싶더니 곧 연기가
피어올랐다. 다 꺼져가는 향 옆에 새로 불을 붙인 향을 꽂고 제
단 옆에 놓인 부의함으로 다가갔다. 안주머니를 뒤져 봉투를
하나 꺼내 들었다. 봉투에는 내가 사는 원룸의 두 달 치의 월세
가 들어 있었고 뒷면에는 주미 누나의 연락처가 적혀 있었다.
1년 전에 누나가 주고 간 바로 그 봉투였다. 나는 부의함 입구
에 봉투를 밀어 넣었다. 아무런 소리도 들리지 않았고 그래서
봉투가 들어가긴 한 건지, 돈이 쏟아지지는 않았는지 확인할
방법이 없었다. 그러나 그걸로 됐다고 생각했다. 그걸로 됐다.
애초에 저렇게 작은 구멍으로 그런 걸 확인할 방법 같은 건 없
으니까. 나는 그걸 아주 오래전에 알았다.

　　상주는 처음이었다. 당연히 서툴 수밖에 없을 것이다. 나
는 앞으로 3일 남짓한 시간 동안 이곳을 서툴게 돌보겠지. 돌려
줄 수 없을 거라고 생각했던 것들을 하나씩 돌려주면서. 잠시
물러서 있는데 조문객이 들어왔다. 그가 절을 하는 내내 곡소
리를 내면서 나는 생각했다. 내가 아는 것들을 누구에게도 말
하지 않겠다. 주미 누나처럼. 나는 그러기 위해 여기에 왔다.

　　그날은 고등학교 졸업식 전날이었고 누나와 처음으로 단
둘이 술을 마신 날이었다. 나는 스무 살이었고 당장 며칠 후
면 서울에 올라가 자취를 시작하기로 되어 있었다. 서울 생활

에 대한 기대는 없었다. 주변 사람들에게는 사람 사는 곳이 달라봤자 얼마나 다르겠느냐고 말하고 다녔고, 실제로도 그렇게 생각했다. 단지 하나, 강인오로부터 멀어질 수 있다는 것. 사실 내게 필요한 변화는 오직 그것이었다. 나는 기분이 좋았고 주량도 모르면서 주미 누나의 페이스에 맞춰 신나게 술을 들이켰다.

"요즘도 소설 읽냐?"

"더 많이 읽지. 남는 게 시간인데."

"요즘 보는 건 어떤 내용인데?"

"구멍 얘기."

"구멍?"

"어. 어떤 댐의 가장 구석진 곳에 구멍이 뚫리는 얘기야. 너무 구석이라서 눈에는 잘 보이지도 않고 그런 구멍이 있다는 걸 아는 사람도 별로 없어. 처음에는 병뚜껑만 한 구멍이었는데 그 구멍이 점점 커지고, 커지다가, 나중에는 더 이상 막을 방법이 없을 지경이 되거든. 그걸 사람들한테 막 알리고 소문 내고 그래. 그런데 그걸 모르는 사람들은 겨우 구멍 때문에 자기들이 위험해질 수 있다는 사실을 믿지 않아. 그래서 구멍의 위험을 아는 사람들과 그들을 믿는 소수의 사람들만 최선을 다해 구멍을 막는다는 얘기야."

"그럴 거면 모르고 사는 게 더 편하겠다."

"보통은 그렇지."

"나 같으면 알고서도 모른 척, 안 믿는 척할 것 같아."

"대부분 그래."

나는 취한 채 잔뜩 엉클어진 발음으로 최대한 취해 보이지 않으려 느리게 대답했다. 누나는 한동안 말이 없다가 내 잔에 소주를 가득 따르고 자신의 잔에도 똑같이 따랐다. 건배도 하지 않고 술을 한 번에 입속으로 털어 넣는 누나를 보며 나는 경이로움마저 느꼈다.

"정원아."

"어?"

"그 구멍이 있다는 걸 아는 사람들은 모두 같은 마음이야?"

"뭐가?"

"다들 막으려고 해? 나서서?"

"그렇지. 놔두면 망해버리니까. 무너져버리니까."

"소설 맞네."

"소설이라니까."

나는 그렇게 대답한 후 소주잔을 들었다가 무언가 잘못됐다는 느낌을 받고 테이블 위에 다시 잔을 내려두었다. 잔이 테이블에 부딪히면서 무언가 깨지는 소리가 났다. 그러나 테이블 위에 놓인 잔에는 실금 하나 가지 않았다. 누나는 가만히 나를 바라보다가 내가 누나를 계속 노려보자 내 시선을 피해 고개를 숙였고 눈앞에 놓인 김치찌개만 뒤적거렸다. 누나의 숟가락이 움직일 때마다 찌개에서는 역한 냄새가 났다. 돼지고기의 누린 내와는 다른 냄새였다.

"알고 있었어?"

누나는 대답하지 않았다. 나는 믿을 수가 없었다. 주미 누나가 알고 있었다니. 누나가 끓인 라면을 나눠 먹던 그 시절의 나에 대해. 내가 죽음보다 피하고 싶었던 길고 어두운 밤에 대해. 혼자서는 도저히 덮거나 막을 수 없었던 넓고 깊은 구멍에 대해. 그 구멍 속에 사는 괴물에 대해. 강주미의 아버지인 강인오에 대해.

도대체 언제부터, 어떻게 알게 되었는지는 전혀 궁금하지 않았고 중요하지도 않았다. 나는 당장이라도 일어나 누나에게 달려들고 싶었다. 할 수 있는 가장 심한 말과 줄 수 있는 가장 괴로운 고통을 누나에게 주고 싶었다. 몸을 일으키기 위해 다리에 힘을 줬지만 말끔해진 정신에 비해 몸은 그러지 못했다. 테이블 위에 있던 것을 모두 쏟은 후에야 간신히 비틀거리며 자리에서 일어날 수 있었다. 여태껏 그 어느 누구에게도, 심지어는 강인오에게도 느껴본 적 없던 분노였다. 그러나 도대체 무엇 때문에. 주미 누나가 무엇을 잘못한 것일까. 아무리 생각해도 알 수 없었다. 비겁한 것은 죄일까? 그런 죄에는 어떤 이름을 붙일 수 있을까? 이제 나는 어떻게 해야 할까. 무엇을 믿어야 할까. 나는 왜 아무런 잘못도 하지 않은 사람을 이렇게 원망하고 있을까.

믿었기 때문에. 나는 믿었는데 저 사람은 그러지 않았기 때문에. 내가 믿는다는 걸 알면서도 모르는 척했기 때문에. 함께 믿지 않았기 때문에. 나를 구해주지 않았기 때문에.

"누나가 미안해."

주미 누나는 마지막 남은 소주를 자신의 잔에 따르며 말했다. 그건 살아오면서 내가 들었던 가장 비겁한 말이었다. 믿음은 사람을 이상하게 만들었다. 아무리 깨지거나 망가져도 사라지는 법이 없었다. 그냥 그대로, 깨지거나 망가진 채 거기 있었다. 있다는 것을 알거나 있다고 믿는 사람들에게만 중요한 구멍처럼.

그리고 나는 여전히 이 이야기를 누구에게도 한 적이 없다.

*

여보세요. 나야, 정원아. 나도 그 소설 봤다, 최근에. 제목에 끌려서 산 책인데 읽어보니 익숙한 이야기더라. 신기하지? 우리 좀 통하는 거 같아.

아니야, 사실은 거짓말이야. 뒷이야기가 궁금해서 직접 찾아봤어. 구멍을 막으려던 사람들이 결국은 실패하더라. 구멍이 너무 커서도 아니고 막는 법을 몰라서도 아니고, 그냥 자기들끼리 충돌하고 싸우다가 와해되더라. 애초에 구멍의 존재를 아는 사람들의 방식은 구멍의 존재를 모르는 사람들을 희생시키는 것이었고 뒤늦게 그들을 믿게 된 무리가 그 방식에 반대하면서 벌어진 갈등이었어. '너희와는 저 구멍을 함께 막을 수 없어. 우리는 우리의 방식으로 구멍을 막을 거야.' 그렇게 말하고 두 무리로 나뉘어서. 목적이 같은데도 서로를 방해하고 그러더라. 되게 웃겼어. 근데 이야기 같은 건 보통 그러잖아. 저러다가도 공동의 적이 생기면, 아주 자그마한 계기라도 생기면 다시 한 팀이 되잖아. 나는 얘네가 언제 다시 한 팀이 될까, 그래서 최종적으로는 어떤 방식을 선택하게 될까, 그런 걸 기대하면서 끝까지 읽었거든.

근데 아니더라. 끝까지 나뉘어서 끝까지 서로를 공격하고 방해하다가 결국은 다 실패해버리더라. 내가 소설은 잘 몰라서. 그래서 그러는데 정원아. 소설은 원래 이러니? 다시 좋아지거나 서로를 이해하거나, 무언가를 회복하는 그런 소설은 없니? 만약에 그렇다면, 단 한 번도 이런 생각을 해본 적이 없는데. 너는 뭐든지 혼자 잘해냈으니까 뭘 하든 상관없다고 생각했는데. 네가 소설을 그만 썼으면 좋겠어. 안 썼으면 좋겠어.

잘 살지? 잘 살아, 좀.

의사는 엄마와 나에게 선택해야 한다고 말했다. 투여할 수 있는 약물은 모두 투여했고 시도할 수 있는 것을 모두 시도했다고. 연명을 위해 장비를 유지하는 비용과 강인오가 다시 눈을 뜰 확률을 생각했을 때 이제는 우리가 선택할 차례라고. 강인오의 죽음과 삶을 우리에게 결정지으라고. 엄마는 의사에게 너무하다고 말했다. 너무하다고. 우리는 지금 상을 치르는 중이고, 애초에 그런 걸 우리에게 선택하게 하는 것이 말이 되느냐고. 의사는 엄마의 말에 아무런 대답도 하지 않고 연신 고개를 숙여 바닥을 바라보기만 했다. 나는 엄마가 조금 이상해졌다고 생각했다. 이런 것을 우리의 선택 없이 어떻게 저 사람이 처리할 수 있을까. 그러나 엄마는 강인오를 사랑했다. 높은 확률로 여전히 사랑하고 있을 것이다. 그러므로 그런 말을 듣고 이성적으로 생각할 수 있을 리가 없었다.

"선생님이라면 어떤 선택을 하시겠어요?"

나는 울고 있는 엄마를 달래며 의사에게 물었다. 의사는 자신의 의견이 보호자분들의 선택에 영향을 미칠 확률이 높다고, 죄송하지만 대답하기가 어렵다고 말했다. 합리적이고 다정하지만 좋은 의사는 아닌 것 같다는 생각이 들었다. 적어도 현명한 사람 같지는 않았다. 누구에게도 비난받으려 하지 않는 사람. 그런 사람은 누구에게나 비난받는 사람이 되기 쉬웠다.

"떼주세요."

내가 말했고 엄마는 내 품에 안겨 더 크게 울었다. 그러나 내 말을 부정하거나 거부하지는 않았다. 의사는 느리고 정확한 발음으로 내게 따라오라고 말했다. 의사를 따라 중환자실로 들어가 서류에 서명을 하고 의사에게 설명을 듣는 내내 나는 다른 생각을 했다. 예를 들면 전쟁이 났으면 좋겠다, 아니면 아예 전쟁이 끝나버리거나, 날지 안 날지 알 수 없는 상태로 언제까지 이러고 살지는 못할 텐데, 내가 선택할 수 있다면 나는 어떻게 할까, 떼주세요, 그런 말을 다시 할 수 있을까, 건물은, 건물은 어떻게 됐을까, 완공됐을까? 왜 지금 세울까? 다음에 세우면 안 되는 걸까? 뭐 하러 세울까?

나는 중환자실에서 나와 소파에 앉아 우는 엄마의 앞에 섰다.

"엄마."

엄마는 빨갛게 충혈된 눈으로 나를 올려다보았다. 나는 손을 뻗어 엄마의 눈물을 닦아주었다.

"우리 집 앞에 건물 하나가 공사 중이거든. 그 일대에서는 제일 높은 건물인데."

"얼마나 높은데."

"꽤 높아. 고개를 한참 뒤로 꺾어야 꼭대기가 보여."

"좋네. 좋은 건물이네."

"그 건물이 완성될 수 있을까?"

"되겠지. 짓고 있으니까 언젠가는 되겠지."

"전쟁이 나지는 않겠지?"

"안 나지. 지금까지 안 났으니까 앞으로도 안 나겠지."

"짓고 있으면 완성되고 지금까지 안 났으면 안 나는 거야?"

"보통은 그렇지."

"그런 건 우리가 어떻게 할 수가 없는 거겠다. 전쟁이나 전염병, 시작이나 완성 같은 거."

엄마는 다시 울기 시작했다. 아까처럼 크게 소리를 내지는 않았지만 눈물이 쉬지 않고 흘렀다. 울지 마. 가만히 있어. 조용히 좀 하라니까. 강인오의 목소리가 자꾸만 들렸다.

"엄마. 나 그 건물이 다 만들어지면."

그때 중환자실의 외문이 열리고 그 사이로 의사가 천천히 걸어 나왔다. 내가 서명을 하고 나온 지 10분도 채 흐르지 않은 때였다. 도대체 어떻게 살아 있었을까. 내가 봤던 기계들이 10분의 삶을 언제까지 미루고 붙잡을 수 있었을까. 10분은 내 예상보다 훨씬 이른 간극이었지만 적절했다. 조금만 더 늦었더라면 엄마에게 내 계획을 말할 뻔했다.

엄마. 나 그 건물이 다 만들어지면 죽을 거야. 가장 높은 곳으로 가서 뛰어내릴 거야.

　의사는 강인오의 사망 시간을 알려줬다. 이상하게도 엄마는 울지 않았고 나는 크게 울었다. 울고 싶지 않았는데 멈출 수가 없었다. 발인이 끝나면 나는 다시 내가 왔던 곳으로 돌아갈 것이다. 아직 돌아가고 싶지 않았다. 더 오래 있고 싶었다. 내가 가진 것 중에서 가장 큰 캐리어를 가져왔는데, 그런데도, 곧 돌아가야만 할 시간이었다.

*

　엄마는 며칠 더 쉬었다 가라고 말했지만 나는 그럴 수 없다고 했다. 표면적으로는 이런저런 이유를 댔지만 실은 더 오래 머무르면 돌아가지 못할 거라고 생각했기 때문이다. 주미 누나와 강인오의 발인을 모두 마친 후 나는 짐을 챙겨 들고 서울로 돌아왔다. 두 장례식이 동시에 진행되는 내내 주미 누나의 조문객은 거의 받을 수 없었고 강인오의 조문객은 받지 않았다. 강인오를 화장할 때는 쇠가 많이 나왔다. 엄마는 저게 사람의 몸에서 나올 수 있는 거냐고, 강인오가 고생을 너무 많이 하다 갔다고, 사람이 아닌 것 같다고 소리를 질렀다. 나는 조금도 슬프거나 이상하다고 생각하지 않았다. 강인오는 원래 그랬다. 내게는 단 한 번도 사람처럼 느껴진 적이 없었다.

택시에서 내렸을 때 나는 기사가 목적지를 잘못 설정한 줄 알았다. 내가 사는 건물, 그 옆의 마트, 편의점과 코인세탁소, 공사 중이던 건물까지 모든 것이 그대로였는데도 그랬다. 왜 그런 느낌이 들었는지 천천히 생각해보았는데 너무 조용해서였다. 낮 동안 쉬지 않고 들리던, 귀가 갈릴 것 같던 소음이 전혀 들리지 않았고 분주한 인부들의 흔적도 없었다. 혹시 벌써 완공된 것일까. 아직 일주일도 채 되지 않았는데. 떠나기 전부터도 건물은 겉으로 보기에 완공된 것처럼 보였으므로 그럴 수도 있겠다는 생각이 들었다. 택시가 떠난 후 나는 마스크를 눈 바로 밑까지 끌어 올리고 건물 출입구를 향해 걸어갔다. 조심스럽게 걷는다고 걸었는데도 낡은 캐리어의 바퀴에서는 요란하게 깨지는 소리가 났다. 그때 건물 출입구에서 나오던 인부 한 명과 눈이 마주쳤다. 낯이 익다 싶었는데 떠나던 날 봤던 그 인부였다.

  "들어오시면 안 돼요. 위험합니다."

  "오늘은 무척 조용하네요. 건물이 완공된 건가요?"

  "어? 그때 그분이시네. 완공은요, 무슨. 망했어요, 망했어. 공사 접었어요."

  "접다니요? 혹시 전쟁 때문인가요?"

  "전쟁이요? 그 헛소문? 진심으로 하는 소리예요?"

  "그럼 왜요? 왜 멀쩡히 잘하던 공사를 접어요?"

"그날, 우리 봤던 날이요. 자꾸 주변에서 뭐 깨지는 소리가 났다고 민원이 들어와서 점검을 했는데 바닥에 구멍이 뚫려 있는 거예요."

"구멍이요?"

"예, 싱크홀이요. 망했죠, 뭐."

인부는 그렇게 말하며 기둥 뒤편으로 갔다. 얼마 지나지 않아 연기가 피어올랐다. 담배를 피우는 것 같았다. 잘못 들은 것이 아니었다. 그날 내가 들었던 소리를 모두가 들었고 정말로 구멍이 있었다. 공사를 망하게 하고 나를 살게 하는 구멍이.

나는 천천히 기둥 뒤편으로 다가가 인부에게 라이터를 빌려달라고 했다. 담배를 좀 피우게, 가지고 있는 라이터를 좀 빌려 쓰자고. 인부는 주머니를 뒤져 라이터를 꺼냈다. 나는 마스크를 턱 밑으로 내리고 입에 담배를 물었다. 인부는 내가 문 담배의 끝으로 라이터를 가져가 불을 붙여주었다. 사방이 고요했고 그럴 때에만 들을 수 있는 소리들, 담배에 불이 붙는 소리, 첫 한 모금을 힘껏 빨아들이는 소리, 연기를 내뿜는 소리 같은 것들이 선명하게 들렸다.

나는 이 이야기를 여전히 누구에게도 한 적이 없다.

오늘의 시가

내 경우는 낙지볶음이었어.

선명이 말했다. 혀가 잔뜩 꼬여 있었고 나는 선명이 꼬인 혀를 꿈틀거리며 낙지에 대해 말하기 시작했다는 게 우스워 크게 웃었다. 선명은 언제나처럼 내가 실컷 웃을 수 있게 조용히 기다렸다. 선명이 소주를 한 잔 마시고 다시 잔을 채워 두 잔째를 막 마시려고 할 때 내 웃음이 멈췄다. 선명은 술잔을 다시 테이블에 내려둔 후 말을 계속 이어갔다.

그날 내가 혼자 낙지볶음을 먹었거든.

그날이 언젠데?

너 취했어?

아니. 그날 알아, 알지.

그래, 그날. 문을 열기도 전에 비린내가 나던 식당이었어. 들어서자마자 앞치마를 두른 남자가 나한테 왔고. 가게 내부에는 수조가 있었고 나는 낙지볶음을 좀 먹을 수 있겠느냐고 남자에게 물었어. 남자는 대답을 생략하고 다시 내게 물었어. 볶음은 산 것으로도 하고 냉동한 것으로도 하는데 그중에서 무엇을 먹겠느냐고. 전혀 예상하지 못했던 질문이었고 나는 고민하느라 대답이 늦었지. 점심시간이 한참 지났고 저녁 시간은 한참 남은 시간이었어. 손님이 한 팀도 없었는데 그런데도 남자는 내게 다시 한번 물으며 대답을 재촉했어. 산 것과 죽은 것 중에 어떤 것이 좋으냐고. 결국 나는 그 둘이 어떤 차이가 있느냐고 남자에게 물었어. 남자는 별 고민도 하지 않고 대답했어. 가격이 다르죠.

그렇겠지. 아무래도 다르지.

근데 나는 그런 걸 물어본 게 아니었거든.

그게 제일 다르고 제일 중요하긴 하니까.

다른 무엇보다도? 이를테면 서로 다른 맛보다도 가격이 더 중요해?

당연히 중요하지. 아닌가?

아니야, 맞아. 산 것이 더 귀한가요? 아무래도 더 비싸죠? 내가 물었고 남자는 그렇다고 말하면서 덧붙였어. 지금 낙지가 철이라고. 낙지는 언제든 먹을 수 있지만 지금의 낙지는 더 특별하고 맛있다고. 어떤 부위는 쫄깃하고 어떤 부위는 씹기도 전에 입안에서 녹아요. 먹다가 남으면 포장까지 해줄게. 그

러니 가능하면 산 것으로 드세요. 남자가 웃으면서 말했고 나
는 남자의 말을 듣는 것만으로도 입에 침이 고였어. 그럼 산 것
으로 주세요. 그렇게 말한 후에 남자가 안내해준 자리에 가 앉
았어. 버너에 불을 붙이고 불판이 달궈지는 동안 테이블을 둘
러봤는데 메뉴판이 보였어. 갑자기 궁금해지더라. 도대체 얼
말까. 지금이 아니면 느낄 수 없는 그 대단한 맛은 어느 정도의
가치가 있을까. 나는 손을 뻗어 테이블 구석에 놓인 메뉴판을
잡고 펼쳤어. 메뉴판에도 낙지볶음은 제일 마지막에 있었고 냉
동과 생물의 가격이 따로 적혀 있었어. 냉동은 기억이 안 나고.
생물은 얼마였는지 알아?

그렇게 맛있다면 엄청 비쌌을 것 같은데.

아니.

그럼 생각보다 쌌어?

그것도 아니고, 그냥 '시가'라고 적혀 있었어.

싱겁네.

싱겁다고? 나는 전혀 싱겁지 않았고 아주 비싸거나 너무
싼 것보다 그 시가라는 말에 충격을 받았어. 그렇게 귀하고 그
렇게 부드럽고 그렇게 맛있는데 정확한 가격은 적히지도 않았
다니. 얼마나 귀한지 알지도 못하고 얼마나 귀한지가 매일 달
라지는, 그렇게 살아 있는 것이 존재한다는 게 너무 충격적이
었어. 도대체 뭐가 매일의 가격을 정하는 걸까. 그게 너무 궁

금해서 묻고 싶었는데도 차마 묻지 못했어. 아무도 모를 것 같아서.

선명은 거기까지 말한 후 아까 내려뒀던 잔을 들어 내 앞에 내밀었다. 나는 그것이 내게 술을 권하는 것인지 아니면 건배를 하자는 것인지 생각하느라 망설였고 망설이는 사이에 선명은 몸을 앞으로 숙여 테이블 위에 놓인 내 빈 잔에 술이 가득 찬 자신의 잔을 들이밀었다. 잔과 잔에서는 기분 탓인지 평소보다 더 맑은 소리가 났다. 그것이 선명의 가득 찬 잔 때문인지 내 텅 빈 잔 때문인지는 구분이 잘 가지 않았다.

잠시 메뉴판 이곳저곳을 살펴보고 있었는데 주문을 받았던 남자가 쟁반을 들고 다시 왔어. 기름을 두르고 이것저것을 넣고 볶다가 낙지를, 그때껏 한 번도 본 적 없을 정도로 큰 낙지를 불판 위에 올렸어. 낙지는 불판 위에 떨어지자마자 엄청나게, 정말로 엄청나게 이런 식으로, 팔인지 다리인지 팔이자 다리인지 팔도 다리도 아닌 것인지 알 수 없는 온몸을 꿈틀거리기 시작했어. 남자는 그 낙지가 아주 싱싱하다고, 유난히 힘이 좋고 오래 산다고 말했어. 오래 산다고요? 나는 깜짝 놀라서 물었어. 보통은 불판 위에 닿자마자 오그라들면서 죽는데 이 녀석은 거의 1분을 살아 있었잖아요. 남자는 자랑하듯 말했어. 나는 좀 이상했는데 왜냐하면 내가 산 것을 시켰으니까 산 것을 먹게 될 줄 알았거든. 볶아지고 익었지만 여전히 살아 있는 것

144

을 먹을 거라고 생각했어.

그런 게 어디 있냐.

있어야지. 돈을 더 주고 더 귀한 것을 시켰으니까. 돈을 더 준 이유는 그것이 살았다는 이유 하나뿐이었으니까.

그러네. 그건 좀 사기 아냐?

사기지. 어차피 죽을……

선명은 그렇게 말한 후에 아무런 말도 하지 않았다. 이상해서 바라봤더니 울고 있었고 나는 선명이 울음을 그치길 기다리다가 내 잔에 술을 따랐다. 한 잔을 마시고 다시 잔을 채워 두번째 잔을 마시려고 할 때 선명이 울음을 그쳤다. 어딘가 익숙한 광경이었고 나는 그 익숙함을 통해 우리가 이미 서로의 웃음과 울음에 아무런 힘을 보탤 수 없는 사이라는 사실을 실감할 수 있었다. 들었던 술잔을 다시 테이블 위에 두자 선명이 말을 이었다.

사기지. 어차피 죽을 건데 살아 있었다고 돈을 더 받았으니까. 그렇게 치면 냉동된 것도 언젠가는 살아 있었을 텐데. 그게 가장 귀하고 중요한 것처럼 말하면서 팔았는데 결과물은 똑같으니까. 남자는 한동안 불판 위에서 낙지를 볶다가 갑자기 버너의 불을 가장 약하게 줄이고 나한테 그걸 먹으라고 했어. 지금 먹어야 한다고. 너무 익으면 질겨지니까, 질겨지면 돈이 아까우니까 지금 먹어야 한다고. 나는 불판 위에서 조각난 채 더 이상 움직이지 않는 낙지를 봤어. 별로 먹고 싶지 않았어. 야, 자지 마.

자긴 누가 잔다고 그래.

안 취했지?

당연하지. 그런데 있잖아.

응.

왜 갑자기 낙지 얘기를 하는 거야?

그게 무슨 소리야?

아니, 우리가 낙지를 먹고 있는 것도 아니고. 여수에 낙지가 유명한가?

그러게. 이런 얘기를 왜 하고 있냐, 우리가.

선명은 한숨을 쉬며 테이블에 손을 짚어 몸을 일으켰다. 나는 술을 조금 더 마시고 싶었으므로 술잔을 들고 몸을 앞으로 기울여 선명의 잔에 술이 가득 찬 내 잔을 부딪쳤다. 이상하게도 무언가가 깨지는 소리가 났다. 그러나 테이블 위를 아무리 살펴봐도 깨진 것은 없었다. 자세히 보니 언제 마셨는지 선명의 잔은 이미 비어 있었다. 텅 빈 잔과 꽉 찬 잔 중에 깨지는 소리를 낸 것은 무엇일까. 나는 알 수 없었다.

야, 너 술 없어.

말을 하며 고개를 들고 앞을 보았다. 흐릿한 시야 너머로 어느새 선명이 멀어지고 있었다. 비틀거리다가 앞뒤로 꿈틀거리는 선명의 모습은 익어가는 낙지 같았다. 나는 선명을 붙잡기 위해 서둘러 몸을 일으키려 했지만 마음대로 되지 않았다. 몇 번을 고꾸라지고 테이블 위에 있던 것들을 모두 쏟은 후에야 겨우 중심을 잡고 설 수 있었다. 일어선 후에는 서둘러 선명을 향해 달렸다. 그러나 몸은 좀처럼 앞으로 나아가지 않았고 선명은 점점 더 멀어져 갔다. 그리고 어느 순간 사라져버렸다.

내가 눈을 뜬 곳은 숙소의 현관이었다. 깨질 것 같은 머리를 붙잡고 몸을 일으켜 앉았다. 센서 등이 켜졌고 눈이 조금 부셨다. 백색의 센서 등은 아마도 몸을 뒤척일 때마다 켜졌을 것이다. 나는 기억을 되짚으며 센서 등이 꺼질 때마다 손을 휘저어 다시 불을 켰다. 중간중간 기억이 잘려 나가 있었고 술자리의 마지막은 아예 기억이 나지 않았다. 선명이 화를 냈고, 내가 쫓아갔고, 갔었나, 3차를? 기억을 되짚다 보니 소주병이 생각났고 속이 많이 쓰렸다. 주변을 둘러보니 어젯밤에 사라졌던 선명은 여전히 사라진 채 보이지 않았다. 편의점에 갔을까. 우유나 이온 음료를 사 왔으면 좋겠다. 그런 생각을 하던 중에 다시 불이 꺼졌고 나는 불안해졌다. 서울로 돌아간 걸까? 어제 술을 마시다가 화가 난 것 같았으므로 그럴 가능성도 무시할 수 없었다. 그러나 나는 술이 덜 깬 채였고, 이것저것을 따져 생각하기에는 너무 지친 상태였다. 더군다나 방을 대충 살펴본 결과 선명의 짐은 그대로였다. 나는 거의 기다시피 침대 위에 올랐고 눈을 감자마자 다시 잠이 들었다.

그게 이틀째 아침의 일이었고, 선명은 다음 날도 연락하거나 돌아오지 않았다.

케이블카는 바닥이 뚫린 것과 뚫리지 않은 것이 있고 뚫리지 않은 것이 조금 더 저렴했다. 처음에는 별 고민 없이 저렴한 것을 타려고 했는데 생각했던 것보다 줄이 너무 길어 당황스러웠다. 대부분의 여행처럼 우리의 여행도 시간에 따라 정해둔 계획이 있었다. 사흘째의 오전 11시 반. 예정대로라면 선명은 꼭대기의 전망대에서 사진을 찍고 있어야 했다. 선명이 계획을 잘 지키지 않는 편이었으므로 확신할 수는 없었다. 그래도 가야만 했다. 선명이 계획대로 움직이고 있다는, 그 가정만이 선명을 찾을 수 있는 유일한 희망이었다.

크리스탈 캐빈을 타시면 대기 없이 지금 바로 입장 가능하십니다.

매표소 앞에 서서 한참을 고민하던 내게 매표소 직원이 말했다.

그러면 그걸로 할게요. 편도로 주세요.

크리스탈 캐빈은 왕복만 가능하세요. 타고 갔다가 타고 오셔야 해요.

무심하고 무덤덤한 말투여서 딱히 강매를 당한다는 생각은 들지 않았다. 나는 표를 끊고 곧바로 케이블카에 올랐다. 이왕 돈을 더 주고 뚫린 것을 탔으니 아래를 실컷 내려다봐야겠다는 생각이 들었다. 손해를 보고 싶지 않다는 기분에 앞뒤와 양옆으로는 눈길도 주지 않았다. 한동안 흙과 낮은 나무들만 보이던 발밑의 풍경이 갑자기 바다로 바뀌었다. 순간적으로 변해버린 풍경 탓에 어지러웠지만 얼마 지나지 않아 익숙해졌다.

어지럽지 않으세요?

누군가가 내게 말을 걸어왔다. 나는 잠시 고개를 들어 앞을 바라봤다. 등산복을 입은 중년의 부부가 나를 향해 웃고 있었다. 반으로 접힌 눈가의 주름이 너무 선명해 구겨진 것처럼 보이기도 했다. 부부는 손을 꼭 잡고 있었다. 그 접점을 기준으로 나란히 앉은 부부는 키도 체구도 비슷해 잘 만든 데칼코마니 같았다.

어지럽긴 한데, 괜찮아요.

그렇게 아래만 보면 재밌어요? 앞도 좀 보고.

여자가 말하고,

뒤도 좀 돌아보고 그러지 않고.

남자가 이어 말했다.

이걸 봐야죠. 이걸 볼 수 있기 때문에 더 비싼 거니까. 돈을 낸 거니까.

나는 다시 고개를 숙이고 아래를 내려다보며 대답했다. 부부는 더 이상 내게 말을 걸지 않고 지나온 바다와 지나는 바다, 지나갈 바다에 대해 저들끼리 이야기를 나눴다. 색이 다르고 흐르는 속도가 다르고 반짝이는 정도가 다르다고. 지나온 바다는 해를 받아 반짝이고 지나갈 바다는 짙은 녹색이라고. 그게 참 좋다고, 아름답다고. 나는 가만히 부부의 말을 듣다가 문득 궁금해졌다. 다르다니. 어차피 이 바다도 저 바다도 같은 바다일 텐데. 어떻게 다를 수 있을까. 잠시 고민하던 내가 고개를 들었다. 뒤쪽의 바다를 보려 몸을 돌리는 그 순간, 케이블카가 덜컹거렸다.

도착했네요.

남자가 말하고,

끝났네요.

여자가 이어 말했다. 나는 결국 뒤쪽의 바다를 돌아보지 못하고 케이블카에서 내렸다. 부부는 흔들리는 케이블카에서 내리는 순간에도 잡은 손을 놓지 않았다. 케이블카가 흔들리면 부부도 같이 흔들렸다. 그 모습이 아주 위태롭지만 안전해 보였다.

전망대에는 선명이 없었다. 자판기 옆에도, 망원경 앞에도, 산책로와 테라스에도 없었다. 사람이 아주 많았고 케이블카를 같이 탔던 중년의 부부를 한 번 더 마주쳤는데도 선명은

보이지 않았다. 이 세상에서 오직 선명만이 사라졌다는 생각
이 들었고 무서웠다. 나는 한 시간 정도 선명을 찾아 헤매다가
다시 케이블카에 탔다. 돌아올 때는 나 혼자였다. 아래를 내려
다보고 있자니 부부의 말이 떠올랐고 나는 자리를 옮겨 앉으며
무언가를 찾는 사람처럼 구석구석을 살폈다. 그러나 앞을 봐도
뒤를 봐도 옆을 봐도 밑을 봐도 바다는 똑같았다. 나는 부부가
거짓말을 했다고 생각하다가 고개를 저었다. 그렇지 않았을 것
이다. 왜냐하면 그럴 이유가 없으니까. 보려는 사람만 볼 수 있
는 것은 어디에나 있었다.

　선명은 어디 있을까. 그 생각만 자꾸 들었다. 내가 정말 찾
고자 하는 것은 색이나 유속이 다른 바다가 아니라 선명이었으
니까. 모든 것이 그대로고 선명이 없을 뿐인데 여행은 계획대
로 되는 일이 하나도 없었다. 도대체 왜 그렇게 힘겹게 계획을
세웠을까. 어차피 지키지 않거나 지키지 못할 것들을.

　여행 계획을 짜던 날, 우리는 이별에 대해 이야기를 나눴
다. 특히 이별의 시기에 대해 중점적으로 대화했는데, 언제쯤
헤어지는 게 좋을지, 서서히 거리를 두다가 아주 남이 되어버
리는 건지, 아니면 그냥 단번에 남이 되어버리는 게 좋을지 등
의 정답이 없는 문제였다. 정답 없는 대부분의 문제가 그러하
듯 우리의 의견은 자꾸만 부딪혔고 이런 이야기를 그만 좀 했

으면 좋겠다고 생각할 즈음 결론 없이 대화가 끝났다. 그런 후에 우리는 곧바로 이 여행을 대비해 계획을 짰다. 우리가 짰다기보다는 선명이 주로 의견을 내고 내가 동의하는 방식이었다. 때문에 앞선 논쟁과는 다르게 대화가 길어질 이유가 없었다. 사실 선명이 짠 일정은 비용이나 체력 같은 상태적인 요소를 배제한 채 오로지 효율적인 동선만 생각한 것이었다. 별로 믿음직스럽지 못했고 변수가 너무 많아 계획대로 되지 않을 거라고 생각했다. 그러나 나는 앞선 선명과의 대화에 너무 지쳐 있었고 계획이라는 건 애초에 그대로 지켜내기 힘든 것이므로, 그때 가서 적당한 것으로 대체하면 될 것이라고 생각했다. 내가 마지막으로 남은 소주를 잔에 따를 때쯤 딱 맞춰 선명의 일정이 완성됐고,

드디어 가네.

선명은 그렇게 말하면서 웃었다. 아직도 믿을 수 없지만 웃어버렸다, 정말로. 해맑게 웃으며 내게 잔을 내밀어 건배하려는 모습을 보자 구역질이 날 지경이었다. 선명이 아프고, 아프기 때문에 우리가 헤어지고, 그 방식에 대해 나눴던 그 모든 말이 허무하고 의미 없고, 그런 주제에 아주 중요해져버린 말장난처럼 느껴졌다.

선명은 많이 아팠다고 했다. 정확한 병명을 말해주지는 않았고 차마 묻지도 못했지만 얼마 살지 못한다는 말을 선명에게

직접 들었다. 나는 선명이 많이 아프다는 말에 온몸이 쥐어짜이는 것 같은 고통을 느꼈지만 얼마 살지 못한다는 말을 믿지 못했고 믿지 않았다. 선명은 종종 말을 과장하거나 일을 키우곤 했다. 그것은 의도된 것일 때도 있었고 선명 자신도 모르게 발동하는 경우도 적지 않았다. 그렇다고 내가 선명의 말을 절대적으로 불신하는 사람은 아니었지만 저렇게 웃고, 저렇게 술을 마시면서, 담배를 피우면서, 얼마 살지 못한다니. 내가 아닌 그 누구라도 그런 말을 쉽게 믿지는 못했을 것이다.

[아쉽지만 우리는 헤어지는 게 좋을 것 같다.]

선명의 메시지였다. 나는 전날 회식 때 술을 많이 마시고 아주 깊은 잠을 자다가 선명이 메시지를 보내고 꼬박 열두 시간이 지난 후에야 그 메시지를 확인할 수 있었다. 처음에는 메시지를 잘못 읽었다. 우리 헤어지자, 이렇게 읽고는 잠시 생각하다가 답장을 보냈다.

[알겠어.]

그런 후에는 씻고 두유에 시리얼을 말아서 조금 먹다가 신문을 보며 시간을 보냈다. 이른 아침부터 늦은 오후까지 신문을 읽었는데 한 면도 다 읽지 못했다. 아무래도 신경이 쓰였고 자꾸만 억울한 마음이 생겼다. 이 상태라면 하루 종일 아무 일도 할 수 없을 거라는 생각이 들었다. 그래서 선명의 메시지를 다시 확인해보니 그건 아주 이상한 말이었다. 헤어지자 혹은 헤어져, 아니면 하다못해 헤어질까 정도의 술어만 됐어도 그러려니 넘어갔을 것이다. 그러나 좋을 것 같다니. 헤어지는 게 좋을 것 같다는 말은 마치 헤어짐 외에도 몇 가지 선택지가 있다는 말처럼 느껴졌다. 극단적으로 비약한다면 헤어지는 게 좋아서 오랫동안 기다려온 사람의 말 같기도 했다.

우리는 아주 오랜 세월, 날보다는 해로 시간을 세는 게 훨씬 자연스러운 세월을 함께 보냈다. 사귀자는 말이나 뉘앙스 없이 사귀었고 선명이 독립을 위해 보증금을 모으던 1년쯤을 같이 살기도 했다. 언제나 생각이 나지는 않았지만 누군가를 생각해야 한다면, 누군가가 보고 싶어진다면, 내게 그것은 선명이 아니었던 적이 단 한 번도 없었다. 그런데 나는 단 한 줄의 문장 때문에 그 모든 세월이 통째로 부정당하는 느낌을 받았다. 아쉽기는 또 뭐가 아쉽다는 말인가. 한 글자 한 글자가 내게는 도저히 그냥 넘길 수 없는 표현이었다. 애초에 글자라니, 이런 말을 텍스트로 접하게 될 것이라고는 생각해본 적 없었는데. 말없이 멀어지는 건 생각해본 적 있었고 어쩌면 썩 우리다운 방법인 것 같았지만 그런 식의 이별은 정말 짐작조차 해본 적이 없었다. 나는 결국 분노를 주체하지 못하고 선명에게 보내기 위한 장문의 메시지를 작성하기 시작했다.

그러나 한 시간 정도 메시지의 작성과 교정 교열을 거듭하다 보니 화가 많이 가라앉아버렸다. 냉정을 되찾은 상태로 다시 읽은 내 메시지는 너무 구질구질하고 절실해 보였다. 절박하구나, 많이 초조한가 보다, 누가 봐도 이런 생각이 들 것 같았다. 결국 나는 장문의 메시지를 미련 없이 지우고 대신에 짧은 메시지를 보냈다.

[그런데 왜?]

메시지를 보내자마자 선명은 답장을 보냈고 그 답장을 읽자마자 나는 울면서 웃어버렸다.

[아무래도 지금 만나자.]

환장할 노릇이었다. 너무 좋았고, 답답했고, 할 수만 있다면 시간을 돌려 내가 먼저 선명에게 아쉽지만 우리는 헤어지는 게 좋을 것 같다고 메시지를 보내고 싶었다. 그런 이상한 문장과 텍스트로 통보된 이별 같은 것들은 그때 선명이 아주 많이 울고 있었다는 말을 듣고서야 납득이 갔다. 아주 많이, 아주 오래 울었어. 도착하지도 않았는데 끝난 것 같았어.

선명의 화법은 늘 그런 식이었다. 의견을 말하기보다는 정답을 말하는 식. 원인이 아니라 결과를 말하는 화법. 분명하지만 미묘한 단어들을 선명은 주로 사랑했다. 그날도 선명은 어딘가 아프다는 말을 하면서도 어디가 아픈지는 말해주지 않았다. 나는 여행 계획을 짜며 한껏 들뜬 선명의 몸 이곳저곳을 눈으로 훑어보았다. 어디를 봐도 나나 다른 사람들, 심지어는 평소의 선명과도 달라 보이지 않았다. 선명은 그날 술을 마셨고 울었고 웃었다. 그러고는 나에게 아무래도 지금 당장은 헤어지지 않는 편이 더 좋겠다고 말해주었다. 나는 선명의 그 말에 무척이나 기분이 좋았다. 그래서 우리는 헤어지지 않았다. 그날은 그랬다.

*

맛있었어?

뭐가?

그거.

너 궁금하지도 않으면서 자꾸 묻지 마.

말해줘. 맛있었어?

어, 맛있었어.

산 것이 더?

무척이나.

선명이 사라지기 전날 선명과 나는 함께 숙소로 돌아와 자기 전에 이런 대화를 나눴던 것 같다. 아니, 나눴다. 그때는 잘 기억이 나지 않았지만 지금은 선명의 말과 목소리, 표정까지도 선명하다.

이게 뭐야.

선명은 광장에 들어서자마자 거북선을 바라보며 말했다. 거북선은 광장 한복판에서 입을 아주 살짝 벌린 채 먼바다를 바라보고 있었다. 한때 거대한 위험으로부터 나라를 구했다던 그 배는 바다가 아니라 땅 위에 위태롭게 서 있었다. 등 뒤에서 휴대폰 카메라의 촬영음이 들렸고 거북선을 찍은 것이었겠지만 나는 괜히 우리가 사진에 나왔을 것 같아 기분이 나빴다. 주변을 둘러보니 광장에는 사람이 많았다. 서로 꼭 붙어 팔짱을 끼고 걷는 연인들도 있었고 누가 누구를 쫓는 건지 알 수 없을 만큼 뒤섞여 술래잡기를 하는 아이들도 있었다. 어떻게 저럴 수 있을까? 그저 안다는 이유로 서로를 붙잡고 쫓거나 쫓기는 일을 하는 게 가능한가, 이런 날씨에? 그런 생각을 하며 광장을 둘러보다가 선명을 바라봤을 때 선명은 손차양을 만들고 눈을 가늘게 뜨고 있었다. 시선은 여전히 거북선을 향한 채였다. 사람들은 끝없이 줄을 서 거북선 안으로 들어갔고 그보다 조금 적은 사람들이 거북선 밖으로 나오고 있었다. 우리는 한참을 가만히 서서 거북선을 바라봤고, 선명이 갑자기 한숨을 쉬었다.

왜 그래?

이상해서.

보고 싶어 하지 않았어? 거북선.

이런 곳인 줄 몰랐어.

뭐가 어때서?

선명은 대답하지 않고 거북선 옆에 놓인 벤치로 다가가 앉았다. 앉은 후에는 오른손으로 명치 부분을 비스듬하게 쓸어내리며 숨을 조금 거칠게 들이쉬고 뱉었다. 1분 정도 후에는 호흡이 안정적으로 변했고 내게 연거푸 사과를 했다. 선명이 너무 진심으로 미안해했기 때문에 나는 사실 아무렇지 않았지만 함부로 괜찮다는 말을 할 수가 없었다. 그래서 잠시 거북선을 올려다보다가 선명에게 다가갔다. 땀에 젖은 선명의 정수리를 오른쪽 검지로 쿡 찌르자 선명이 나를 올려다봤다.

걷자. 저기 나무가 모여 있는 곳까지만 걸으면 그늘이야.

선명이 오른쪽 눈꺼풀을 조금 떨며 몸을 일으켰고 우리는 그늘을 향해 걷기 시작했다. 거북선으로부터 멀어질수록 사람이 눈에 띄게 줄어들었다. 바다 쪽으로 인접한 광장의 둘레에는 길게 울타리가 쳐져 있었고 나는 선명의 기분을 풀어주고 싶어서 아무 말이나 했다. 저것은 조금 이상하다, 여수는 바다가 유명한 도시고 바다 때문에 오는 사람들이 아주 많을 텐데 바다를 막는 것은 아무래도 이상하다고. 막말로 막을 수야 있겠지만 아무리 그래도 너무 멀지 않느냐고. 냄새마저 희미해질 정도로 멀리 떨어져 있으니 바다를 보러 온 사람이 어떻게 실망하지 않겠느냐고.

왜 저렇게 했을까?

사실은 전혀 궁금하지 않았지만 나는 할 수 있는 최대한으로 끝말을 올려 선명에게 의견을 물었다. 그 순간 선명의 걸음이 갑자기 멈췄다. 나는 뒤쪽에서 선명이 멈춘 줄도 모르고 한동안 계속 걸었다.

안전하라고.

선명은 내가 제법 많은 걸음을 걷고 난 후에야 대답했다. 선명이 조금 오래 멈춰 있었기 때문에 그렇게 빨리 걷지 않았는데도 거리가 제법 벌어져 있었다. 그 거리 때문에 나는 선명의 말을 제대로 듣지 못했다. 그래서 완전과 간절, 안정 같은 단어들 중에서 선명의 단어가 어떤 것이었는지를 고르기 위해 제자리에 멈춰 서야만 했다. 내가 걸음을 멈추자 선명은 기다렸다는 듯이 다시 말했다.

더 안전하라고. 그게 가장 중요하니까 가능한 한 최대로 그러라고. 잘 모르고 보러 왔겠지만 바다라는 게 생각보다 더 위험하니까 멀어지라고. 안전하고 괜찮으라고.

말을 마친 선명의 걷는 속도가 다시 빨라졌고 나는 선명이 나를 지나쳐 앞서 나간 후에도 한동안 멈춰 선명의 말에 대해 생각했다. 덕분에 몇 분쯤 더 걸어 그늘을 발견하고 그보다 아주 조금 더 멀리 있는 소녀상을 발견할 때까지, 선명은 계속 내 앞에서 걸었다. 나는 선명의 뒷모습을 바라봐야만 했다. 좀처럼 따라잡을 수 없었고 선명은 어째서인지 알 수 없지만 평소보다 더 빠르게 걸었다. 당연하게도 뒤통수에는 아무런 표정이 없었다. 나는 멀어지는 선명의 뒷모습이 너무 위태롭다고 생각했다.

소녀상을 발견한 것은 우연이었다. 그늘을 찾아 한동안 걷다 보니 멀리 소녀상이 보였다. 우리는 여수에 소녀상이 있다는 것조차 알지 못했다. 한 시간도 걸리지 않게 여행 정보를 검색하고 급하게 일정을 짠 탓도 있었겠지만 꼭 그것 때문만은 아니었다. 소녀상 주변에는 볕을 피해 그늘에 앉아 햄버거를 먹는 두어 명의 노인과 울타리에 기대어 바다를 바라보는 아이 한 명밖에 없었다. 특별한 날이 아니라면 평소에도 찾는 사람이 많지 않을 것 같았다.

조금 더 가까이 다가가 보니 소녀상의 목에는 노란 목도리가 감겨 있었다. 아마도 누군가가 지난겨울에 감아둔 것 같았다. 올해 들어 가장 무덥다는 폭염 속에서도 목도리는 이상하다거나 어색한 느낌을 주지 않았다. 우리는 소녀상의 얼굴이 겨우 보이는 거리에 멀찍이 섰다. 둘 중 누구도 그 이상 소녀상 앞으로 다가서려 하지 않았다. 제법 먼 거리인데도 광장 저편 거북선 쪽에서 왁자지껄한 사람들의 소리가 미세하게 들렸다.

이상하게도 바다로부터의 거리는 같은데 저기서는 맡을 수 없었던 바다 냄새가 이곳에서는 났다. 갈매기 깃털이 햇볕에 타는 냄새, 물결이 물결을 밀어내는 소리 같은 것들이 미세하게 느껴졌다. 모든 감각이 훨씬 더 예민해지는 것 같았다. 저 광장과 이 광장이 전혀 다른 세계 같았고 조금 전과는 달리 바다와 광장을 구분 짓는 울타리가 아주 적절한 위치에 아주 적절한 거리로 둘러져 있다는 생각이 들었다.

여기 좋다.

나는 선명에게 말했다. 선명은 환하게 웃으며 나를 바라보았다.

응, 여기가 좋다. 시원하고.

조용하고.

우리는 그늘에 앉아 연신 이곳이 좋다는 말을 주고받으며 정면을 응시했다. 정면에는 바다도 있었고 간간이 유람선도 떠다녔지만 나는 단 한 번도 그런 것들에 시선을 주지 않고 소녀상만 응시했다. 바다나 유람선에 대한 이야기를 꺼내지 않은 것으로 미루어 아마 선명도 마찬가지였을 것이다. 나는 소녀상을 바라보며 선명이 했던 말을 다시 곰곰이 생각해봤다. 안전. 완전도 간절도 안정도 아닌 안전. 선명은 그것이 가장 중요하다고 말했다. 소녀상은 덩그러니 광장의 한구석에 놓여 저쪽 광장을, 살아 움직이며 서로를 스치고 무엇인지 누구인지도 모른 채 누군가를 쫓고 있는 무수한 인파를 바라보고 있었다. 바람이 약하게 불었다. 누구도 눈을 마주쳐주지 않는 곳을 향해 시선을 던지고 있는 소녀상의 노란 목도리가 조금 펄럭였다. 바로 그 순간, 그 뻥 뚫린 광장의 한쪽 끝이 내게는 이 세상에서 가장 굳건한 요새처럼 느껴졌다.

그런데 소녀상 앞에 선명이 없었다.

아니다.

소녀상 앞에도 선명이 없었다. 여객터미널과 선어시장, 이순신광장과 거북선 일대를 모두 돌아다녀도 없던 선명이 거기에도 없었다. 나는 소녀상 주변을 빙 돌며 근처에 세워진 시비(詩碑)와 시비에 새겨진 시들을 바라보았다. 바다의 색이 자꾸만 바뀌는 것 같았다. 모든 것이 너무 비현실적으로 느껴졌다. 어떻게 이곳에도 없을 수가 있을까.

너무 이상했다. 그렇게 안전해 보이던 곳이, 포근했던 그늘과 맑았던 침묵과 적당했던 울타리가 여전한데도 더 이상 안전하게 느껴지지 않았다. 왜 다를까. 그때와 지금은 무엇이 다를까. 그냥 조금 더 가까이 다가왔을 뿐인데. 아니면 선명이 없을 뿐인데. 광장 저편에서부터 웃음소리가 들려왔다. 나는 광장의 중심에 놓인 거북선과 한구석에 놓인 소녀상에 대해 생각했다. 세상이 뒤집어지는 것처럼 어지러웠다. 천천히 걸어 가장 가까운 그늘로 가 앉았다. 태양이 무너지듯 기울고 있었고 그늘이 점점 넓어지는 게 눈에 보였다. 그늘은 소녀상 옆에 놓인 빈 의자를 거의 덮을 만큼 거대해졌다. 여기에 있을 줄 알았는데. 좋아했으니까. 도대체 어디로 갔을까? 나는 어디로 가야 할까. 이제는 정말 알 수가 없다. 그런 생각을 하며 울고 있는데 누군가가 어깨를 두드렸다. 나는 조금 놀라 돌아보았다.

머리 좀 묶어줄 수 있어? 너무 더워서 그래.

돌아본 곳에는 그 아이가 있었다.

*

얼마 살지 못한다는 선명의 말을 믿기 시작한 것은 여행 계획을 짜고 난 다음부터였다. 전날 필름이 끊길 정도로 과음을 했는데도 왜인지 이른 아침에 눈이 떠졌던 날. 일어나 보니 선명의 집이었고 내가 누운 침대 위에서 선명이 아직도 누워 있었다. 목이 말랐다. 부엌에 가기 위해 침대에서 일어났는데 발바닥에 무언가 축축함이 느껴졌다. 나는 고개를 숙여 바닥을 내려다보았다. 피라기에는 너무 묽고 아니라기에는 너무 붉은 액체가 바닥 이곳저곳에 흩어져 있었다. 피에 물을 탄 것 같기도 했고 물에 피를 탄 것 같기도 했다. 나는 깜짝 놀라 선명을 돌아보았다. 선명의 손발이 조금 그을린 것처럼 검었다. 나는 큰 소리로 선명의 이름을 불렀다. 선명은 눈을 뜬 채 천천히 나를 향해 고개를 돌렸다. 애초에 자고 있지 않았던 것 같았다.

너 진짜야?

선명은 대답하지 않았다. 나는 천천히 선명에게서 멀어지며 다시 한번 물었다.

진짜 죽어?

선명은 대답하지 않았다. 미동도 없이 나를 노려봤다. 선명의 침대 매트리스는 너무 낡아서 모양이 좀처럼 복원되지 않았다. 내가 누웠던 모습, 그 넓이와 깊이 그대로 선명의 옆이 텅 비어 있었다. 나는 계속 뒷걸음질 쳤다. 걸음마다 발바닥이 젖어들었다.

다르잖아. 어제랑 오늘이 너무, 하루 만에, 그래도 돼?

암막 커튼이 쳐진 까닭에 방 안은 어두웠다. 그런데도 나를 노려보는 선명의 눈빛만은 선명하게 보였다. 선명은 한참 동안이나 나를 노려보다가 입술을 달싹였다.

왜. 그게 뭐가 이상한데?

왜냐고? 뭐가 이상하냐고? 몰라서 물어?

원래 그런 거야. 날마다 다르다고.

너 지금 그게……

살아 있는 건 원래 다 그래.

내가 선명에게서 듣고 싶었던 것은 그런 말이 아니었다.

그것보다는 더 중요하게, 더 먼저 듣고 싶은 말들이 아주 많았다. 가지 말라고, 옆에 있어달라고 선명이 말했다면 무엇이 달라졌을까. 혹은 어디가 어떻게 아프다고, 그러니 자신을 좀 도와달라고 말했다면 나는 어떻게 했을까. 더 달라질 것이 거기에 남아 있었을까. 그러나 선명은 그 이상 아무런 말도 하지 않았다. 나는 뒷걸음질 치며 팔을 뒤로 뻗어 문고리를 잡았다.

문고리를 돌리고, 문이 열리고, 방을 나서며, 문을 닫았다. 좁아지는 문틈으로 선명이 몸을 일으키는 게 얼핏 보였다.

나는 현관에 서서 신발을 신고 한동안 닫힌 방문을 가만히 바라보았다. 방 안에서는 아무런 기척도 느껴지지 않았다. 집으로 걸어가는 내내 발바닥이 가려웠다.

그날, 집에 가서 속을 게워내고 선명에게 전화를 걸었다. 선명은 좀처럼 전화를 받지 않았지만 나는 하루 종일 쉬지 않고 선명에게 전화를 걸었다. 선명은 밤이 다 지날 때에야 전화를 받았다. 나는 터져 나오는 울음을 밀어 넣으며 선명에게 말했다. 정말 미안하지만 너의 곁에 사는 것이 내게는 위험하게 느껴진다고. 우리 이제 그만 헤어지는 게 좋을 것 같다고. 거기까지 말한 후에는 참지 못하고 선명의 이름을 울면서 불렀다. 선명은 신음에 가까운 호흡을 거칠게 몰아쉬고 있었다. 처음에는 선명이 아주 화가 난 줄 알았다. 그것이 매운 낙지볶음 때문이었다는 것은 나중에 선명에게 들었다. 그날은 선명이 혼자 낙지볶음을 먹었던 바로 그날이기도 했다.

가는 날 보자.

뭐?

가는 날 보자고, 여수.

나는 사랑한다는 말을 들어버린 것처럼 기겁을 하며 전화를 끊었다. 정해뒀던 여행 일자가 점점 다가올수록 나는 오래 고민했고 결국 선명과 함께 여수에 가기로 결정을 내렸다. 그것이 그날에 대한 죄책감 때문인지 아니면 선명에 대한 미련 때문인지는 아직도 확실히 알지 못한다. 그런 것은 전혀 중요하지 않다. 오히려 지금에 와 내게 중요하고 선명한 것은 이런 것이다. 그날 내가 혼자 낙지볶음을 먹었거든. 맛있었어. 무척이나.

나는 여전히 그 말을 믿지 않는다.

*

아이는 선명과 내가 처음 소녀상을 봤던 날에도 우리 앞에 나타나 똑같이 말했다.

머리 좀 묶어줄 수 있어? 너무 더워서 그래.

우리는 슬슬 광장을 벗어나 돌게장 정식을 먹으러 갈 참이었다. 더군다나 아이의 모습이 너무 기괴하고 낯설었다. 검은 원피스를 입고 있었는데 누가 보기에도 사이즈가 맞지 않아 밑단이 발가락까지 전부 덮은 채였다. 발이 보이지 않아서 더 이상했다. 왼손에는 낡은 옷을 입은 인형이 들려 있었고 오른손에는 방울끈이 들려 있었는데 인형을 든 쪽 소매에는 프릴이 없었고 방울끈을 든 쪽에는 소매에 하얀 프릴이 달려 있었다. 뚱뚱하고 어린 펭귄 캐릭터가 그려진 방울끈은 대칭이 잘 맞지 않았다. 선명과 나는 잠시 눈이 마주쳤고, 나는 거절의 표시로 고개를 저었다. 그러나 선명은 이미 아이가 건넨 방울끈을 받아 몸을 일으킨 상태였다. 나는 선명의 어깨에 손을 얹었다.

너무 덥다잖아. 잠깐이면 돼. 잠깐만.

선명은 그렇게 말하며 아이의 손을 잡았다. 아이는 팔을 뻗어 소녀상 앞을 가리켰다. 폭염이었고 소녀상 앞에는 그늘이 없었다. 너무 덥지 않을까? 선명이 물었고 아이는 고개를 저었다. 저곳이 좋다고, 저곳만 좋다고 말했다. 선명은 아이를 따라 소녀상 앞에 앉았다. 그 후로 한 시간 동안 소녀상 앞에서 인형의 머리를 묶는 아이의 머리를 선명이 묶어줬다. 선명의 이마가 땀으로 번들거렸다. 신기하게도 아이는 땀을 한 방울도 흘리지 않았다. 선명과 아이는 너무 많은 것이 달랐고 그중 무엇 때문에 흘리는 땀의 양이 다른지는 좀처럼 알 수 없었다. 나이이거나 체력이거나, 어쩌면 둘 다이거나 둘 다 아닐 수도 있었다. 나는 가까운 그늘에 가만히 앉아 두 사람을 바라봤다. 아이

가 인형의 머리를, 선명이 아이의 머리를 여섯 번 정도 풀었다
가 다시 묶는 것을 보고는 자리에서 일어나 숙소로 향했다. 선
명은 해가 진 후에야 숙소로 와 내게 미안하다고 말했다.

집에 데려다주고 왔어.

아니, 대체 왜?

집에 뭐가 있다고, 내가 꼭 봐야 한다고 그래서.

있기는 뭐가? 애가 그냥 하는 말이잖아, 그런 건.

내 물음에 선명은 대답하지 않았고 나는 선명을 이해할 수
가 없었다. 우리에게는 비록 엉성하나마 계획이 있었고 그 아
이는 전혀 모르는 아이였다. 그렇게 고대했으면서, 이 여행을
기다렸으면서 알지도 못하는 아이 때문에 하루를 날려버리다
니. 그러나 차마 선명에게 화를 더 낼 수는 없었다. 도저히 그
럴 수 없을 만큼 선명은 지쳐 보였다. 나는 한숨을 쉬며 그저
너무 염치가 없고 무례하기 짝이 없다고, 선명에게 그 아이를
욕했다.

그 아이였다. 그때와 똑같은 검은 원피스를 입고 똑같은 말
을 걸어오는 아이를 나는 밀어낼 수 없었다. 선명이 이곳에 왔
었다면 이 아이와 다시 만났을지도 몰랐다. 아이는 선명을 찾
을 수 있는 마지막 기회였다. 나는 아이가 건넨 방울끈을 받아
들고 아이의 손을 잡았다. 아이는 이번에도 소녀상 앞을 가리

키며 저곳으로 가자고 말했다. 아이와 나는 그곳으로 가 바닥에 주저앉았다. 선명이 나로 바뀌었을 뿐 똑같은 상황이었다.

이름이 뭐야?

아이는 고개를 휙 돌려 나를 잠시 바라볼 뿐 대답하지 않았다. 나는 혹시라도 아이가 내 모든 질문에 대답하지 않을 작정은 아닐지 불안해졌다.

나 혹시 기억해?

어제 봤어.

다행히 그건 아닌 것 같았다. 나는 대칭이 맞지 않는 방울 끈으로 아이의 머리를 뒤로 대충 묶었다. 내가 손을 멈추자 아이는 묶인 머리를 몇 번 만져보더니 끈을 풀었다. 마음에 들지 않는 것 같았다. 나는 다시 한번 아이의 머리를 묶으며 물었다.

그럼 그 언니도 기억나? 어제 나랑 같이 있던……

착한 언니.

그래, 그 언니. 혹시 오늘 본 적 있어?

있어. 봤어.

나도 모르게 아이의 머리를 당기는 손에 힘이 들어갔다. 아이는 작게 비명을 지르며 나를 돌아보았다. 나는 아이에게 빠르게 사과를 한 후 심호흡을 했다. 한껏 들이마신 숨에 소금기가 섞였는지 목구멍이 따가웠다.

어디로 갔어?

우리 집에 있어.

나는 아이의 말을 듣고 손을 멈췄다. 도저히 믿기지 않았다. 그러나 믿기지 않는다고 해서 딱히 다른 방법이 있는 것도 아니었다. 일단 아이의 말이 사실인지 아닌지를 확인해봐야만 했다. 나는 아이의 어깨를 잡고 돌려 앉혔다. 아이는 순순히 돌아앉았다.

집이 어디야? 내가 그 언니를 꼭 찾아야 하거든.

찾아서 뭐 할 건데?

얘기를 해보려고. 얘기를 좀. 집이 어디야?

알아서 뭐 하게?

같이 좀 가자. 어제 그 언니는 데려갔잖아.

아이는 말없이 손을 뒤로 뻗어 자신의 뒤통수를 쓰다듬었다. 묶다 만 머리에서 방울끈이 쉽게 풀려 나왔다. 아이는 다시 한번 그 방울끈을 내게 건넸다. 나는 울고 싶었다.

잘 묶어주면 데려갈 수도 있어.

그렇게 말한 후에 아이는 다시 돌아앉았다. 해가 거의 저물어가고 있었고 나는 아이의 머리를 천천히 다시 묶기 시작했다. 그 어느 때보다도 신중한 손놀림이었다.

우리 집은 병원이야. 언니가 아프다며. 그래서 우리 집에 오라고 그랬어. 언니는 착하고 머리도 잘 묶으니까. 우리 집에 오면 병이 나을 거라고. 그러니 오라고. 그랬더니 왔어. 내 머리도 묶어주고 비비 머리도 묶어주고. 비비는 애야. 지금은 치료를 받고 있을 거야. 어쩌면 다 나았을지도 몰라. 아니면 더 아파졌거나.

아이는 그렇게 말하며 인형의 머리를 쓰다듬었다. 나는 아이의 말에 귀를 기울이며 온 신경을 손에 집중했다. 한동안 침묵이 흐르고 나는 아이의 머리에서 손을 떼어냈다. 너무 긴장한 탓인지 오히려 아까보다 묶인 모양이 더 형편없었다. 아이가 손을 뒤로 뻗어 머리카락을 만져보는 동안 나는 거북선이 있는 쪽을 바라보았다. 어두워서 잘 보이지 않았지만 아무도 없는 것 같았다.

이 정도면 됐어. 가자.

아이는 천진하게 웃으며 검은 원피스 이곳저곳에 묻은 먼지를 떨어낸 후 내게 손을 내밀었다. 이 정도면 됐다니. 나는 다소 의아했지만 최대한 티를 내지 않고 일어나 아이의 손을 잡았다. 광장을 벗어나 길로, 길 아닌 곳으로, 계단으로, 비탈길로 한참을 걸었다. 오르막 다음에 오르막이 나오기도 했고 내리막 다음에 내리막이 나오기도 했다. 아이의 손을 잡은 손이 땀 때문에 미끌거렸다. 아이의 땀인지 내 땀인지는 알 수가 없었다.

아이의 집에 도착할 쯤에는 온몸이 땀범벅이었다. 나는 숨을 거칠게 몰아쉬며 작은 건물 안으로 들어서는 아이의 뒷모습을 바라보았다. 병원이라니. 건물 꼭대기에 달린 십자가는 영락없는 교회의 것이었다. 그러나 교회라고 하기에도 어딘가 이상했다. 희미하지만 향냄새가 났고 외벽에는 무엇을 그렸는지 알 수 없는 벽화가 그려져 있었다. 작은 코끼리. 아니면 큰 사자일까. 어떤 것은 작은 새나 커다란 나비 같기도 했다.

뭐 해, 안 들어와?

내가 한참을 밖에서 서성이자 아이가 나와 내게 물었다. 옷이 너무 길어 발이 보이지 않는 아이가 서서히 다가왔다. 나는 멀뚱히 서서 건물 입구에 붙은 현수막을 바라보았다.

'신자(信者) 모집. 함께 믿을 사람을 구합니다.'

발걸음이 떨어지지 않았다. 저 안을 확인해야 하는데. 저기에 선명이 있다고 했는데. 도저히 움직일 수 없었다. 움직이고 싶지 않았다. 그때 안쪽에서 속을 게워내는 소리가 들렸다. 선명의 것 같기도 했고 아닌 것 같기도 했다. 묽은 피 냄새도 났다. 선명의 것 같기도 했고 아닌 것 같기도 했다. 어느새 다가온 아이가 내 손을 잡아 건물 쪽으로 당겼다. 나는 다시 한번 건물의 입구를 바라보았다. 누군가가 서 있었고 너무 어두워 실루엣만 보였다. 선명인 것 같기도 했고 아닌 것 같기도 했다. 누구세요? 목소리가 들려왔다. 선명인 것 같기도 했고 아닌 것 같기도 했다. 선명에 관해 그 무엇 하나 확신할 수 있는 게 없었다. 선명이라고 믿을 수도 있고 믿지 않을 수도 있는 것이 세상에는 너무 많았다. 나는 도대체 왜 이렇게 선명을 찾고 있을까. 어차피 선명과는 이게 마지막인데. 이미 도착했는데. 이게 끝일 텐데. 향냄새가 점점 더 진해지고 있었다.

누구시냐니까요?

안쪽에서 선명인지 아닌지 알 수 없는 목소리가 아까보다 더 크게 들렸다. 긴 복도를 걸어오는 발소리도 들렸다. 나는 내 손을 꼭 잡은 아이의 손을 뿌리쳤다. 그제야 깨달았다. 나는 선명의 그 무엇도 믿을 수 없는 사람. 선명의 믿음조차 믿지 못하는 사람이라는 것을. 그러자 선명을 찾는 일이 아무런 의미도 없는 것처럼 느껴졌다. 아무런 가치도 없는 일. 조금 전까지는 세상에서 가장 중요한 일이었는데도 한순간에 그렇게 됐다. 원래 그런 거야. 날마다 다르다고. 그런 말을 했는데, 누군가가. 그게 누구였는지도 잘 기억이 나지 않았다. 나는 몸을 돌려 온 힘을 다해 달리기 시작했다. 왔던 곳으로 돌아가야만 했다. 올 때는 아주 멀다고 느꼈는데 돌아갈 때는 전혀 멀게 느껴지지 않았다. 가까웠다. 같은 길이었고 같은 거리인데도, 그 잠깐 사이에 왜 그렇게 변해버린 건지 알 수 없었다.

*

선명의 집을 찾아간 것은 여수에서 돌아온 직후였다. 나는 기억하고 있던 비밀번호를 눌렀고 다행히 번호는 바뀌지 않은 채였다. 선명의 짐을 현관에 두고 안으로 들어가 조심스럽게 방문을 열었다. 정체를 알 수 없던 액체는 말끔히 닦인 채였고 선명의 방에는 선명이 없었다. 단지 복원이 잘되지 않는 침대 매트리스의 한쪽이 푹 꺼져 있었다. 익숙한 형체였고 크기였지만 내 것인지 선명의 것인지는 잘 구분이 되지 않았다. 짐을 두고 집에도 선명이 없다는 것을 확인한 후 이제는 정말로 끝이라고 생각했다. 문득 배가 고파왔다. 바로 그 순간, 나는 내가 정말로 찾고 있던 것이 무엇이었는지 깨달을 수 있었다.

선명이 말했던 해산물집은 어렵지 않게 찾을 수 있었다. 문을 열기도 전에 비린내가 나는 식당. 문을 열자마자 다가오는 남자와 가게 내부의 수조. 나는 남자에게 낙지볶음을 먹을 수 있겠느냐고 물었다. 남자는 산 것과 죽은 것 중 어떤 것으로 볶을지를 묻지도 않고 수조에서 낙지를 몇 마리 건져냈다. 나는 남자가 안내해준 자리에 앉아 메뉴판을 펼쳤다. 메뉴판에는 낙지볶음이 냉동과 생물로 구분되어 있었고 둘 모두 가격이 적혀 있었다. '시가'라는 단어는 어디에서도 찾아볼 수 없었다. 나는 남자를 불러 물었다. 원래 생물은 시가로 판매하지 않느냐고. 산 것이니까, 매일 가격이 달라지니까 그게 맞지 않느냐고. 남자는 그런 가게도 있겠지만, 하고 덧붙였다.

애매하잖아요, 시가라는 게. 사는 입장에서는 진짜 그 가격이 맞는지 확인하기도 힘들고 파는 입장에서는 매일매일 가격을 확인해야 하고. 그냥 정해두고, 손해 보는 날도 이득 보는 날도 있을 만큼만 정해두고 팔아요. 어떤 날은 손해를 보면서, 어떤 날은 이득을 보면서. 오늘은 조금 이득이겠네요.

나는 선명이 거짓말을 했다고 생각했다. 그러나 곧 고개를 저었다. 선명에게는 그럴 이유가 없었다. 그렇다면 남자가 거짓말을 했을까. 그것도 아닌 것 같았다. 왜냐하면 그럴 이유가 없으니까. 보려는 사람만 볼 수 있는 것은 어디에나 있다. 내게는 같고 선명에게는 다른 매일이 있는 것처럼. 안정되고 싶은 것이 아니라 그저 안전하고 싶은.

그리고 나는 여전히, 그런 것이 있다는 사실을 믿지 못한다.

두번째

결

선명은 오래 앓다가 죽었다. 태어났을 때부터 앓던 병이 있었는데, 그것 때문에 죽은 것은 아니고 새로 생긴 병 때문이었다고 했다. 너무 긴 시간 동안 병에 시달렸던 선명이 통증에 지나치게 익숙해졌고 전혀 다른 고통인데도 그것을 이전의 고통과 구분하지 못해 치료 시기를 놓쳤다는 말이었다. 나는 선명의 장례식장에서 그 말을 들었다. 그 말을 한 사람들은 멀리 떨어져 있었지만 목소리가 커서 딱히 귀를 기울이지 않아도 잘 들렸다. 그제야 나는 선명이 원래 앓던 병 때문이 아니라 새로 생긴 병 때문에 죽었다는 사실을 처음 알았다. 그렇구나, 그랬었구나. 그런데 왜 저딴 말을 하는 걸까, 좆도 모르면서. 그런 말은 선명을 안다면 절대 할 수 없는 말이었다. 나와 알고 지낸 시간 동안 선명은 정해진 주기마다 병원에 가 검사를 받았고 그 주기를 놓치거나 미룬 적이 단 한 번도 없었다. 선명은 살아

남는 것만이 살아남는 이유인 것처럼 굴었던 사람이다. 살아
남아 하고 싶거나 해야 할 일이 있는 것도 아니면서 그랬다. 나
는 선명과 만났던 몇 해의 시간 동안 그것을 단 한 번도 이상하
게 생각해본 적이 없었다. 선명 역시 그 사실을 숨기거나 감춘
적이 한 번도 없었다. 말하자면 그것은 당연한 일, 우선은 그렇
게 된 이후에 이후의 것들을 생각할 수 있는 기본값이었다. 그
런 선명이 치료 시기를 놓쳤을 리 만무했다. 적어도 자신이 앓
던 병 외에 전혀 다른 병을 새로 앓게 되었다는 사실을 모를 리
가 없었다. 그런데, 그런데도.

　　그들이 앉은 곳은 빈소와 가장 가까운 곳이었고 너무 조용
한 빈소에는 선명의 영정과 상주가 있었다. 그들의 테이블 위
에는 빈 소주병이 여러 개 있었고 마침 병의 개수와 그들의 머
릿수가 같았다. 할 수만 있다면 그들에게 다가가 한 명에 한 병
씩 소주병으로 머리통을 내려치고 싶었다. 그러나 너무 취해
힘이 하나도 들어가지 않는 몸을 벽에 기대고 기껏 아, 좌식이
라 다행이다, 같은 생각이나 하던 내가 할 수 있는 일은 거의 없
었다. 그저 장례식장 한쪽을 가득 채운 사람들을, 비슷하게 생
겼고 똑같은 말을 하지만 모두 다른 사람인 그들을 노려보는
것만이 내가 할 수 있는 유일한 일이었다. 돌이켜보면 저런 사
람들은 어디에나 있었다. 모든 현재가 원래 그랬던 일의 결과
로만 존재한다고 생각하는 사람들. 세상이 변해도 변하지 않는

것이 있다고 믿는 사람들. 그러니까 바로 저런 사람들. 그들은 나누는 대화의 내용으로 보나 말의 본새로 보나 결코 선명의 지인은 아닌 것 같았다. 그 누구도 완장을 차고 있지 않았으므로 고인의 가족도 아니었다. 확신하건대 선명에게는 친척도 없었다. 그러면, 그렇다면 저 사람들은 누굴까. 아무도 아니라면 제발 좀…… 꺼지면 안 되나.

그런 생각을 하던 와중에 옆에서 인기척이 느껴졌다. 느린 걸음으로 내 바로 옆까지 다가온 누군가가 바닥에 앉아 벽에 몸을 기댔다. 나는 온 힘을 다해 고개를 돌려 옆을 보았다. 헐렁한 완장이 위태롭게 매달린 팔이 눈에 들어왔다. 차마 고개를 들 수 없었고 사실은 들 필요도 없었다. 그렇지, 그렇구나. 장례식장에는 고인의 지인만 오는 것이 아니고 여기서 이제 더는 아무도 아닌 사람, 좀 꺼져야 할 사람이 누구인지를 나는 너무 늦게 깨달아버린 거구나. 이게 맞지, 왜냐하면 나의 존재를 선명의 가족들 중 누구도 모르고 나 역시 갑자기 도착한 편지가 아니었다면 다시 선명에게 연락해볼 생각조차 하지 않았을 테니까. 갑작스럽게 나를 소개하기에는 내가 너무 취했고, 아무쪼록 이제는 집에 갈 시간이 되어버렸다. 나는 거의 기다시피 옆 사람을 지나쳐 갔다. 지나친 후에도 벽을 짚으며 한참이나 끙끙거렸다. 주머니를 뒤져 마스크를 쓰고 빈소를 지나 비틀거리며 신발을 신는데 뒤에서 누군가가 나를 부르는 소리가 들렸다.

저기요.

돌아보니 그 완장이 나를 보고 있었다.

빈소 안쪽 방에도 있어요, 화장실. 거기 쓰세요.

이상한 말이었다. 그 사람은 내가 이대로 이곳을 떠나 왔던 곳으로 돌아갈 리 없다고 확신하는 것 같았다. 더 정확히 말하자면 내게 돌아갈 곳 같은 것이 있을 리가 없다는 믿음을 갖고 있는 듯했다. 딱히 기분이 나쁘지는 않았지만 혼란스러웠다. 저 사람은 나를 아는 걸까. 이곳에 나를 아는 사람이 있을 거라고는 생각조차 해본 적이 없었는데. 나는 잠시 망설이다가 천천히 신발을 벗고 마스크는 쓴 채 빈소 안으로 걸어 들어갔다.

발신인은 선명이었다. 하얀색 편지 봉투를 아무리 살펴보아도 발신인에는 선명의 이름이, 수신인에는 나의 이름이 너무도 익숙한 필체로 적혀 있었다. 양쪽 모두 분명히 알고 있는 이름이었고 가능한 일인데도 그 순간만큼은 모든 것이 너무 비현실적으로 느껴졌다.

이별 직후부터 몇 주 동안 선명은 내 연락을 피했고 별다른 방법이 없었으므로 선명에게 편지를 몇 통 보낸 적이 있었다. 하지만 그것도 벌써 몇 달 전의 일이었고 선명에게서는 한 번도 답장이 없었다. 이후로는 의식적으로든 무의식적으로든 선명에 대한 생각을 멀리했다. 선명을 알지 못하는 사람처럼, 선명이라는 사람이 세상에서 완전히 사라졌거나 애초에 존재하지 않았던 것처럼 살려고 했다. 그러나 그런 일은 불가능했고 앞으로도 가능할 것이라는 생각이 도저히 들지 않았다. 슬슬 인정해야 한다는 것을 스스로도 깨닫고 있었다. 한때는 서로가 서로의 미래라고 굳게 믿었지만 이제 선명의 미래에는 내가 없을 거라는 것. 그러나 선명이야 어떻든 나는 앞으로 어떤 삶을 살게 되더라도 결코 선명을 벗어나 살 수는 없으리라는 것.

그러거나 말거나 편지는 왔고 내게는 그것을 반송하거나 방치할 자존심과 여유 같은 것이 전혀 없었다. 단 한 번이라도 좋으니 할 수만 있다면 부디 선명을 보고 싶다는 마음뿐이었다. 나는 꼼꼼히 밀봉된 편지 봉투를 힘주어 뜯었다. 너무 서두른 탓에 봉투 위쪽에 적힌 선명의 이름과 주소가 조금 찢어졌다. 그 와중에도 그게 조금 아까웠다.

분명히 선명의 필체였다. 분량은 A4 용지 한 장이 조금 안 됐고 내용은 아주 이상했다. 편지 속 선명의 말투는 여전히 내가 가장 선명하게 기억하는 그 말투와 전혀 다르지 않았다. 사실 별다른 특징도 없었지만 선명의 것이기 때문에 특별한 말투. 너무 익숙해서 목소리가 아닌데도 꼭 귓속으로 파고드는 것 같았다. 내가 선명에게 상처를 주거나 선명이 상처를 받은 적 없는 것처럼, 그래서 아주 남이 되어버려 하루의 시작과 끝을 서로에게 물을 수 없게 된 적이 없었던 것처럼, 선명은 적었다.

나는 편지를 아주 오래 읽었고 때문에 편지 하단에 적힌 날짜를 조금 늦게 발견했다. 편지가 씌어진 날짜는 1년 전이었다. 그제야 모든 것이 조금씩 이해가 가기 시작했다. 1년 후에 도착하는 '느린 편지'는 여수의 이순신광장을 걷다가 내가 우연히 발견한 것이었다. 광장의 중심부에 우체통처럼 진한 붉은 색의 트럭이 느린 편지라는 입간판을 앞에 세운 채 정차해 있었다. 나는 선명의 손을 잡고 그 앞으로 다가섰다.

이걸 쓰자고?

선명은 별로 내키지 않아 보였다. 나는 주인에게 돈을 지불하고 편지 봉투와 편지지를 각각 두 장씩 받아 선명에게 건넸다.

좀 싫은데. 내년 일을 어떻게 알고 이걸 지금 보내?

무슨 말이야, 그게?

예를 들어 우리 중 누군가가 이사를 갈 수도 있잖아?

안 가면 되잖아, 이사. 끽해봐야 1년인데.

1년이니까. 1년이면 이것저것 충분히 변할 수 있는 시간이고.

뭐가 충분하냐, 1년이.

충분하지.

우리는 늘 이런 문제로 싸웠다. 나는 미래라는 것을 바꾸
는 일이 어려운 일이라고 믿었다. 그리고 변하는 일만큼이나
변하지 않는 일에도 많은 노력이 필요하다고 믿었다. 매달 고
정된 월급의 얼마간을 떼어 적금을 들고 청약을 들었다. 갑작
스럽게 불행이 닥친다 해도 그런 것들이 다가올 미래에 나를
유지해줄 수 있을 것이라는 사실을 의심하지 않았다. 그러나
선명은 달랐다. 선명은 우리에게, 적어도 자신에게 미래라는
것이 있다는 확신을 가져본 적이 없는 사람이었다. 그리고 어
떻게든 그런 확신을 가지기 위해 헤매던 사람이기도 했다. 나
는 그것이 오래 앓던 병 때문이라고 생각했다. 태어났을 때부
터 앓았던 병 때문에, 선명은 날 때부터 단 한 번도 미래를 보장
받아본 적이 없는 사람이라고. 그러니까 나와는 아주 다른 사
람이고 그것은 내가 이해하고 관용해야 할 일이라고. 내가 선
명을 사랑하기 때문에.

이후 비슷한 이유로 싸우다가 무심코 내가 그 비슷한 말
을 입 밖으로 꺼내버렸을 때, 선명이 지었던 표정이 도저히 잊
히지 않는다. 당연히 실수였고 나는 최선을 다해 선명에게 사
과했다. 정말로, 내가 할 수 있는 모든 수단과 방법을 동원해
선명에게 빌었다. 그러나 선명은 내게 꺼지라고 말했다. 제발
좀…… 꺼져주면 안 돼? 그렇게 말한 후에 정작 사라진 것은 선

명이었다. 내게는 사라질 기회조차 주어지지 않았다.

　전화 건 사람 맞죠? 편지를 받았다고. 미안하다고.

　화장실에서 나왔을 때 완장을 찬 사람은 어느새 빈소에 앉아 있었다. 전화를 받고 선명의 부고를 나에게 알려준 것이 저 사람이었구나. 나는 쭈뼛거리며 그 사람의 옆으로 다가가 섰다. 그 사람은 내게 앉으라고 말했다. 앉지 않으려 했는데 취기가 올라 다리에 힘이 풀렸다. 쓰러지듯 주저앉은 내게 그 사람이 말했다.

　편지 같은 거 별로 안 좋아하던 앤데. 잘 도착했는지, 답장은 줄 건지 알 길이 없다고.

　나는 아무런 말도 할 수 없었다. 홀에는 여전히 아무렇게나 말하는 사람들이 있었고 빈소에서는 그 말들이 생각보다 더 선명하게 들렸다. 원래 앓던 병을 빨리 고쳤어야 했다고. 그랬다면 새로운 병에 걸렸을 때 빨리 알아챌 수 있었을 거라고. 돌이켜보면 저런 사람들은 어디에나 있었다. 그러니까 바로 이런 사람. 나는 조금씩 타들어가는 향을 가만히 바라봤다. 향 연기는 지나치게 출렁이며 피어올랐고 나는 향 연기를 좇아 시선을 옮겼다. 마침내 선명의 얼굴이 두 눈에 들어왔다. 선명이 저 앞에서 나를 기다리고 있다. 아니, 없다. 아니, 있다. 아니, 없다. 어떤 식으로든 말할 수 있었고 어떤 식으로든 말해선 안 됐다.

눈앞에는 알 수 있거나 믿을 수 있는 것이 단 하나도 없었다.

나 쭉 빈소에 있었는데 못 봤거든요. 아직 절 안 했죠?

나는 오래 읽었던 선명의 편지 중에서도 가장 오래 읽었던 부분을 떠올렸다. 이 말이 없었다면 나는 용기 내어 선명에게 전화를 걸 생각조차 못 했을 것이다. 다시 한번 사과하고 싶다는 마음 따위는 먹지도 않았을 것이다.

우리에게는 이런 일도 있었어. 정말 아무것도 아닌 일이었고 아마 우리가 이 편지를 함께 읽을 때쯤이면 너는 물론이고 나 역시도 높은 확률로 기억하지 못하는 일이 되어 있을 거야. 네가 책을 구해다 줬어. 이제는 절판되어서 구할 수 없는 책. 그 책의 존재를 알게 된 날 내가 지나가듯 말하고 말았던 책. 이제는 내가 그런 책을 읽어보고 싶어 했다는 사실조차 흐릿하게 남아버린 책을 네가 구해다 줬어. 너는 그 책을 구하기 위해 쏟았던 어떤 노력도 생략하지 않고 내게 말했어. 주말마다 헌책방이란 헌책방은 다 돌아다녔다고, 출판사에 메일을 보내고 전화를 걸고 찾아가기도 했다고, 그러다가 여수에 있는 굉장히 오래된 헌책방에서 연락을 받고 거기까지 다녀왔다고. 버스를 타고 갔다고, 왕복 여덟 시간이 걸렸다고, 그래도 여수가 참 좋더라고, 다음에는 꼭 같이 가자고. 그 말을 듣고 나는 크게 웃었어. 있잖아, 그때 나는 정말 좋았어. 구할 수 없는 책을 구해

왔기 때문이 아니라, 그러기 위해 네가 지나쳐온 과정들 때문이 아니라, 그런 것들을 조금도 생략하지 않고 나에게 말해주는 그 모습 때문에. 그리고 그런 고생을 다음에는 함께하자고 말해준 것 때문에. 나를 위해 쏟아부은 것들을 숨기거나 없던 일로 만들지 않아줘서 고마워. 내가 다음을, 다시 그다음을, 또 그다음을 기다리게 만들어줘서 고마워. 그런 게 참 고마웠어.

절할래요?

나는 천천히 고개를 끄덕이고 일어나 선명의 영정 앞으로 다가갔다. 향을 빼 들고 촛불을 향해 기울였다. 향 끝에서부터 천천히 연기가 피어올랐다. 향을 꽂고, 뒤로 조금 물러서서 첫 번째 절을 했다. 일어섰다. 심호흡을 한 다음 다시 절했다. 처음보다 조금 더 긴 절이었다.

소문에 의하면 이모는 식인종이었다. 아이들은 이모가 집과 집 뒤의 텃밭에만 머물며 밤낮없이 인육을 먹는 사람이라고 했다. 이모가 언제부터 인육을 먹었는지, 어디서 인육을 구하는지, 날로 먹는지 익혀 먹는지 아니면 반숙을 해 먹는지 따위를 정확히 아는 사람은 아무도 없었다. 그런데도 아이들 사이에서는 그런 소문이 파다했고 대부분의 아이는 그 소문을 믿었다. 종종 엉성하기 짝이 없는 소문의 구조에 의문을 제기하는 아이들도 있었지만 그런 아이들조차도 좀처럼 이모에게 먼저 다가가거나 인사를 건네려고 하지는 않았다. 마을의 아이들에게 이모는 몸의 반쪽이 고양이인 노인이나 붉은색 마스크를 쓰고 다니는 여자처럼 그 자체로 공포의 대상이었다. 딱히 피할 방법이나 알려진 약점이 없고 훨씬 가까이에 실제로 존재한다는 점에서는 그 유명한 괴담들과 비교해 이모가 주는 두려움이 더하면 더했지 덜하지는 않았다.

　마을 어른들의 말에 의하면 이모의 식인은 손톱을 깨무는 작은 버릇에서부터 시작됐다. 손톱을 깨물고 삼키는 습관은 곧 손가락의 살 껍질을 깨무는 습관이 되었으며 각질도 먹고 굳은 살도 뜯다가 인육의 맛에 눈을 떴다는 것이었다. 어른들은 겁에 질린 아이들에게 이런 이야기를 하며 '그러니 너도 손톱을 깨물면 안 돼'라는 말 따위를 꼭 덧붙였다. 대부분의 소문이 그렇듯 이모에 관한 소문도 점점 살이 붙어 몸집을 불려나갔다. 소문이 시작되고 한 달도 채 지나지 않은 시점에 이모의 식인은 꽤 분명한 취향과 방식을 가진 하나의 공식처럼 변하게 되었다. 일종의 메뉴판 같은 것도 생겨났는데 소문에 의하면 이모가 선호하는 메뉴는 이런 것들이었다. 채소를 잘 먹지 않는 아이, 저녁 7시가 넘어서도 귀가하지 않는 아이, 너무 깊은 물속까지 들어가 노는 아이, 하루에 아이스크림을 두 개 이상 먹는 아이. 그리고 무엇보다 소문을 믿지 않는 아이. 이모는 주로 아이들의 습관과 가치관에 따라 자신만의 식단을 구성해나갔고 아이들이, 그러니까 당시의 우리가 생각하기에 그것은 아주 이상하고 극악무도한 편식이었다.

　본격적으로 소문이 돌기 시작하자 아이들 사이에는 습관에 대한 검열이 시작됐다. 누구는 손톱을 깨물던데, 누구는 손가락을 빨던데, 누구는 밤에 자꾸 돌아다니던데, 혹시 누구도 식인종이 아닐까? 이런 식의 소문이 퍼지기 시작하면 얼마 가지 않아 그 아이에 관한 새로운 소문이 만들어졌다. 때문에 한동안 마을에는 손톱을 깨물거나 손가락을 빨거나 늦게까지 귀가하지 않는 아이들이 없었다. 마을 어른들의 입장에서 이모의 식인은 아이들을 통제할 유용한 괴담이었고 술자리의 즐거운 안줏거리였다. 아이들이 가지고 있던 버릇과 가치관이 사라지자 어른들은 만족했고 모두가 만족했으므로 이모는 소문을 웃어넘겼다. 그러니 좁은 시골 마을 안에서 소문이 진실인지 아닌지 따위를 신경 쓰는 사람은 아무도 없었다.

고백하자면 그 소문은 내가 낸 것이었다. 지금 와서는 갑작스러운 외할머니의 죽음으로 혼자가 된 이모의 곁에 누군가가 필요했다는 것도 알고, 유치원조차 다니지 않던 내가 이모의 객식구로 적임자였다는 사실까지도 얼마간은 이해할 수 있다. 그러나 그 무렵의 나는 아이에 불과했고 오직 이모를 위해 엄마와 떨어지거나 원래 살던 곳에서 멀어져야 하는 상황을 용납할 수 없었다. 시간이 지나 그 일련의 과정이 최선이었다는 생각을 하게 되었지만 여전히 그것은 이해보다 용서와 관용에 가까운 것이다. 어린 날의 내게 이모의 존재는 그 자체로 방해물이었다. 더군다나 몇 없던 마을의 또래 친구들은 이미 자기들만의 사회 속에서 규칙과 질서를 지니고 있었고 갑자기 나타난 이방인을 경계하기 바빴다. 나는 그런 아이들의 관심을 끌

만한, 나아가 매료시킬 만한 강력한 한 방이 필요하다고 생각했다. 그러니까 소문의 근원은 아이들의 관심을 끌 한 방에 대한 열망과 이모에 대한 원망, 손톱을 깨물던 이모의 모습이 합해져 무심코 뱉어낸 말 한마디였다.

야, 우리 이모는 사람도 잡아먹거든?

그 말을 하지 않았더라면 어땠을까. 아니면 아이들이 그 터무니없는 말을 믿지 않았다면 어떻게 됐을까. 무책임한 어른들이 그 소문의 진위를 물어오는 아이들에게 진실을 알려줬다면 좀 나았을까? 단 한 번이라도 이모에게 사실대로 말했다면 이모는 나를 어떻게 했을까. 그 소문은 내가 낸 것이며 이제 와 하는 말이지만 정말 미안하다고 사과를 했다면 무엇이 달라졌을까. 달라지긴 했을까? 지금도 그런 의미 없는 가정을 해보고는 하지만 그것은 정말이지 말 그대로 아무런 의미가 없다.

한동안 떠돌던 소문을 더는 웃어넘길 수 없게 된 것은 마을 근방의 무덤이 파헤쳐지기 시작했을 무렵이다. 처음에 훼손된 무덤을 발견한 양조장 아저씨는 무덤 근처에서 막걸리 냄새가 났다고 말했다. 마을 사람들은 그 냄새를 맡고 온 산짐승의 소행이라 생각했고 타인의 일인데도 자신들의 일처럼 나서서 보수를 도왔다. 두번째 무덤이 파헤쳐졌을 때도 마찬가지였다. 그러나 세번째 무덤이 파헤쳐졌을 때는 무덤을 보수하는 대신 마을 회관에 모여 어른들끼리 이야기를 나눴다. 그 무렵의 나는 애초의 의도와는 달리 아이들 사이에서 식인종과 함께 사는 이상한 놈이 되어 있었고, 때문에 회관에서 어른들이 무슨 말을 주고받았는지 누구에게도 전해 듣지 못했다. 밤늦게 집에 돌아온 이모는 술에 취해 있었고 손에는 소주가 가득 든 검은 비닐봉지가 찢어질 듯 위태롭게 들려 있었다. 네번째 무덤이 파헤쳐졌을 때는 마을 사람 대부분이 우리 집에 찾아와 이모를 만나려 했는데 이모는 그 누구도 만나고 싶어 하지 않았다.

그리고 자꾸만 마을의 무덤이 파헤쳐지던, 그 무렵의 어느 날에 그 아이가 죽었다.

*

장례식장은 이모가 살던 도시 외곽에 있었다. 엄밀히 말하자면 시외에 더 가까웠고 이모와 함께 살던 외할머니 집까지는 조금만 무리한다면 걸어서도 갈 수 있는 거리였다. 빈소에 들어서자 한쪽 벽에 기대어 가만히 앉아 있는 엄마가 보였다. 엄마는 내가 눈앞까지 다가간 후에야 고개를 들어 나를 보았다. 눈이 이상했다. 흰자가 붉게 변해 있었고 동공은 보이지도 않을 정도로 작았다. 눈두덩은 부어 있다기보다는 불어 있는 느낌에 가까웠다. 그 눈을 보이고 싶지 않았던 건지 엄마는 나를 보자마자 다시 고개를 숙였다. 내려다본 엄마의 모습은 너무 작고 고요했다. 얼핏 차분해 보였지만 손과 발이 떨리고 있다는 것을 한눈에도 알 수 있었다. 나는 이모의 영정 앞으로 다가가 향을 집어 들었다. 촛불 위에 향을 기울이니 금세 흐린 연기가 피어올랐다. 나는 연기가 나는 향을 받침에 꽂았다. 받침 옆에는 소주가 한 병 놓여 있었다. 나는 가만히 놓인 소주병을 보며 나도 모르게 조금 웃었다. 너무나도 이모다웠다. 이모는 정종이나 막걸리를 절대 먹지 않는 사람이었으니까. 향 연기가 천천히 피어오르다가 출렁이며 사라졌다.

밥은?

절을 두 번 한 후 엄마 곁에 주저앉자마자 엄마가 물었다.

밥이 중요한가, 뭐.

중요하지. 그게 가장 중요하지.

아직. 엄마는?

안 먹어.

나도.

넌 먹어야지. 멀리서 왔는데.

엄마도 먹으면 같이 먹고. 아니면 말고.

먹자.

입맛 없는데.

라면이라도 먹자. 가자.

나는 천천히 몸을 일으켰다. 가자고 말해놓고 정작 엄마는

갈 생각이 없는 사람처럼 미동도 하지 않았다. 나는 엄마를 일
으키기 위해 허리를 숙여 엄마의 팔을 붙잡았다. 손끝에 거친
질감이 느껴졌다. 바라보니 완장이었다. 몸을 일으킨 엄마가
빈소를 나서서 접객실로 앞서갔다. 나는 천천히 뒤를 쫓으며
엄마의 뒷모습을 바라봤다. 오른팔에 찬 완장은 엄마가 걸을
때마다 위태롭게 흔들렸다. 엄마와 완장은 도무지 어울리지 않
았다. 접객실에 들어서니 큰이모와 외삼촌이 바쁘게 음식을 나
르고 있었다. 큰이모의 오른팔에도 삼촌의 왼팔에도 완장이 덜
렁거리며 매달려 있었다. 그 누구에게도 완장이 어울리지 않아
억울하다는 생각이 자꾸만 들었다. 소주를 찾는 사람들은 대
부분 삼촌의 손님인 것 같았다. 직장 상사, 아니면 학교 선배일
까? 삼촌은 끊임없이 소주를 꺼내 잔에 따르며 머리를 조아렸
다. 와주셔서 감사하다는 말을 들으며 사람들은 조금도 어색해
하지 않았다. 전혀 모르는 사람들이었고 딱히 오지 않아도 괜
찮았을 것 같은 사람들이었다. 엄마와 나는 가장 구석진 곳에
앉아 한동안 대화를 나누지 않았다. 사람들은 우리에게 조금도
관심이 없어 보였다. 이상했다. 여기서는 슬픈 사람들만 완장
을 차는데 어째서 슬픔은 권력이 될 수 없는 걸까. 엄마는 먹을
것을 가져오겠다고 말하고 잠시 자리를 비웠다. 나는 엄마가
자리를 비운 그 짧은 시간 동안 세상에 혼자 남겨진 것 같은 기
분이 들었다.

*

　아이는 천재였다. 적어도 그 작고 좁은 시골 마을에 그 아이만큼 비범한 아이는 없었다. 나와 동갑이었는데도, 그러니까 고작 여섯 살이었는데도 한글을 읽고 쓸 수 있었고 어눌하게나마 구구단을 외우기도 했다. 아이에게 한글과 구구단을 가르쳐 준 사람은 이모였다. 이모는 아이를 많이 아꼈는데 왜냐하면 그 아이만이 소문의 영향을 받지 않은 유일한 아이였기 때문이다. 아이는 이모를 경계하지 않았다. 오히려 시도 때도 없이 우리 집에 찾아와 동화책이 쌓인 책장 앞을 서성이며 이모에게 읽을 만한 책이나 가르침을 요구했다. 아이가 어째서 그 소문을 믿지 않았는지는 지금도 알 수 없다. 아이의 유난한 지능이 그 불신의 이유였을 수도 있겠지만 나는 그렇지 않았을 것이라고 생각한다. 내가 기억하는 한 아이는 똑똑하기 이전에 선했다. 자상했고, 친절했고, 어떤 아이도 이해하려 하지 않는 식인종의 삶에서 끊임없이 무언가를 배워내려 했다. 이모뿐만 아니라 마을의 모든 사람이, 남녀노소를 가리지 않고 아이를 사랑했을 것이다. 딱 한 명 정도를 제외하고 말이다.

　처음에 내가 그 아이를 싫어했던 이유는 그 아이가 오면 꼭 함께 붙잡혀 무언가를 배워야만 했기 때문이다. 나는 글자에도 숫자에도 전혀 관심이 없었고 그때쯤 엄마가 사 준 '슈퍼 알라딘 보이'를 플레이 하느라 바빴다. 여전히 동네의 또래들은 나를 경계했고 내게 다가오는 아이는 그 아이가 유일했지만 슈퍼 알라딘 보이가 있는 내게 더 이상 현실 세계의 친구는 필요하지 않았다. 나는 하루 종일 텔레비전이 있는 내 방에 틀어박혀 버섯을 먹고 동전을 모아 몬스터를 처치하는 일에 기꺼이 내 유년을 모두 바칠 각오가 되어 있었다. 이모는 내가 며칠 동안 밖에 나가지 않아도, 새벽에 몰래 눈을 떠 게임을 하다 들켜도 가만히 웃을 뿐 혼내지 않았다. 그러나 그 아이가 올 때만큼은 달랐다. 슈퍼 알라딘 보이의 전원 코드와 게임팩을 뽑아 내 손이 닿지 않는 옷장 위에 올려두었고 그 아이가 돌아가기 전까지는 내려주지 않았다.

친구 왔잖아.

친구 아닌데?

친구 맞잖아.

친구 아닌데.

이모는 심통이 난 나를 어르고 달래며 아이와 함께 앉히고 무언가를 끊임없이 가르쳐줬다. 내가 도통 무언가를 배우고 싶어 하지 않을 때는 그림책을 읽어주기도 하고 조금 어려운 동화를 들려주기도 했다. 나는 이모가 들려주는 이야기에 별 관심이 없었지만 그 아이는 달랐다. 이모가 한 줄을 읽을 때마다 이모를 불러 멈추고 그 문장을 소리 나는 대로 삐뚤게 받아 적었다.

너 게임 좋아해?

게임 좋아해.

그럼 '슈퍼 마리오' 할래? 너는 루이지 하면 돼.

조금 이따가.

더듬더듬 동화책을 읽는 아이의 곁에 가 소곤거리면 아이는 조금 이따가, 하고 다정하게 말했다. 그러나 한글을 갓 배운 아이는 책을 읽는 속도가 아주 느렸고 책을 다 읽을 쯤에는 언제나 집에 돌아가야 할 시간이 되어 있었다.

이제 우리 집 오지 마, 이 거짓말쟁이야.

거짓말 아니야.

뭐가 아니야?

조금 이따가. 오늘만 만나는 거 아니잖아.

그럼 내일은 할 거야?

내일은 할 거야.

그러나 다음 날에도 어김없이 우리 집을 찾아온 아이는 오자마자 책꽂이로 향했다. 다음에도 다음의 다음에도 그다음에도 아이는 나와 게임을 해주지 않았다. 그냥 게임이 싫다고 말하면 됐을 텐데. 모든 아이가 게임을 좋아하지는 않는다고, 이 집은 우연히도 마을에서 동화책이 가장 많은 집이고 자신에게는 이곳이 세상에서 가장 거대한 도서관이라고, 나는 책을 읽기 위해 여기에 온다고, 그러니까 게임은 별로 하고 싶지 않다고 말해줬다면 좋았을 텐데. 그러나 함께 게임을 하자는 친구의 부탁을 거절하기에 그 아이는 너무 착했고 차라리 거짓말을, 나를 배려하기 위한 거짓말을 아이는 자꾸만 반복했다.

*

엄마는 컵라면을 가져와 내게 건넸다. 포장을 벗기고 수프를 넣고 뜨거운 물을 부은 후 기다리는 3분 동안 나는 쉬지 않고 울었다. 이상했다. 정작 전화를 받았을 때나 고속버스를 타고 내려오는 동안, 이모의 영정을 두 눈으로 확인했을 때는 전혀 눈물이 나지 않았는데 눈알이 녹아버린 것처럼 눈물이 흘러내렸다. 엄마는 천천히 내 어깨를 두드리며 간헐적으로 한숨을 쉬었다.

덩치는 산만 한 놈이 울기는.

덩치랑 무슨 상관이야.

면 붇는다. 먹자.

엄마는 컵라면의 뚜껑을 완전히 벗기고 나무젓가락을 뜯어 내게 건넸다. 나는 천천히 면을 건져 입으로 욱여넣었다. 울면서 부은 탓에 물의 양이 전혀 맞지 않았다. 너무 부족했고, 아주 짰다. 이모는 고향을 떠난 후에도 우리 집에 머물며 엄마와 함께 이 도시에서 나를 오래 키웠다. 대충 헤아려도 10년이

홀쩍 넘는 시간이었고 그 시간 동안 컵라면은 언제나 이모가 가장 잘하는 음식이었다. 이상하게도 다른 것은 금방금방 배우고 적응하던 이모였지만 요리만큼은 그렇지 않았다. 심지어는 라면도 잘 끓이지 못해 언제나 너무 짜거나 싱거웠다. 그러나 컵라면만큼은, 이것만큼은 눈에 보이는 선에 맞춰 물을 따르면 되니까 이모도 얼마든지 할 수 있었다. 똑같은 맛인데도 나는 이모가 끓여주는 컵라면을 유독 좋아했다.

모든 컵라면에는 그 라면에 어울리는 물의 양이 있고 그것을 표시해둔 적정선이 있다. 펄펄 끓는 물을 정확히 선에 맞춰 붓는 일은 간단하지만 까다롭다. 물이 많으면 싱겁고 적으면 짜기 때문에 선을 맞추는 것은 중요하다. 간단하지만 까다롭고 중요한 일. 이모가 잘하는 건 그런 것들이었다. 나를 키우는 모든 일이 그러했을 것이다. 그러나 아무리 생각해도 마흔넷은 너무 많이 모자란 느낌이었다. 조금만 더 견뎌주지. 조금만 더 살아주지. 나는 그런 생각을 했고 그게 너무 어렵고 무리한 부탁이라는 것을 알기 때문에 계속 울었다. 이모는 이미 많이 견디고 버텨주었는데 그것과는 별개로 자꾸만 원망스러웠다. 나는 울고 울다가 엄마가 따라 울 때까지 울면서 컵라면을 꾸역꾸역 먹었다. 꾸역꾸역, 나는 이모 곁에서 간단하지만 까다롭고 중요하게 자라났다.

또 났네, 또 났어.

그만 좀 처먹어. 내가 먹으려는 것만 골라 먹냐, 어떻게?

너 몇 살이야? 몇 살인데 반말하냐?

라면을 다 먹고 감정을 가라앉히니 접객실 내부가 한눈에 들어왔다. 생각했던 것보다 사람이 많고 소란했다. 정작 이모의 손님은 몇 없고 대부분이 엄마나 큰이모나 삼촌, 심지어는 돌아가신 외할머니의 지인들인 것 같았다. 멀리서 초록색 담요에 둘러앉아 고스톱을 치는 노인들은 유난히 소란했고 눈에 띄었다. 고스톱을 치고 편육을 주워 먹으며 소맥을 말아 건배하는 노인들은 인원에 비해 너무 많은 자리를 차지하고 있었다. 저희끼리 건배를 하네 마네, 해도 되네 안 되네를 두고 또 한참을 싸웠다. 어렴풋한 기억 속에서 그들을 건져내려 애썼지만 쉽지는 않았다. 그때도 노인이었던가. 언제부터 노인이었을까. 그것보다 왜 저렇게 시끄러울까.

났어, 났어. 스톱.

너 몇 살인데 건방지게 났냐?

아이고, 그만들 해.

났다 났다 하니까 내가 생각난 건데, 애가 참 났었지.

죽은 애?

죽은 애.

났지, 났어. 그 촌구석에서 혼자 교대를 척 붙었잖아.

교대를 다 붙었어? 근데 왜 선생을 안 했대?

안 했겠어? 못 한 거지. 엄마 죽고 공부가 눈에 들어오기야 했겠느냐만, 그냥 선생이나 하다가 좋은 남자 만나서 시집이나 갔으면 어땠을까 싶다, 나는.

그랬으면 안 죽었으려나?

안 죽지. 왜 죽어.

도저히 견딜 수가 없었다. 저런 말을 여기서, 저렇게 큰 소리로 할 수 있는 사람은 어떤 사람일까. 저런 것을 사람이라고 할 수 있을까. 엄마는 한숨을 쉬며 다시 빈소로 돌아갔고 노인들은 여전히 각자의 집으로 돌아갈 생각이 전혀 없는 것 같았다. 나는 냉장고로 가 소주를 한 병 꺼내 자리로 돌아왔다. 소주를 가져오긴 했지만 막상 뚜껑을 열 마음은 들지 않았다. 초록색 병을 보니 마시지도 않았는데 숙취가 있는 것처럼 어지러웠다. 나는 고개를 숙여 헛구역질을 여러 번 했다. 그때 맞은편에서 인기척이 느껴졌다. 고개를 들어 앞을 바라보았다.

아무런 표정도 짓지 않은 채 그 사람이 앉아 있었다.

*

간밤에 최종 보스인 '쿠파'를 해치우고 좀처럼 흥분이 가시지 않았던 날이었다. 이모가 들려주는 이야기를 듣다가 까무룩 잠이 들어버렸다. 얼마나 잤는지, 어떻게 잤는지는 그때도 몰랐고 지금도 기억나지 않는다. 그러나 서서히 의식이 돌아올 때쯤 이모와 아이가 나누던 대화만큼은 여전히 선명하게 기억하고 있다. 아이는 이모의 무릎을 베고 누워 전래동화책의 표지를 바라보고 있었다. 제목은 '효녀 심청'이었지만 이상하게도 표지에는 바닥을 더듬는 심학규의 모습이 심청이보다 훨씬 크게 그려져 있었다.

주인공은 심청이 아니에요?

아이는 이모에게 질문을 할 때 늘 과장되게 끝 음을 올려 묻고는 했다. 그러나 그 질문을 할 때만큼은 목소리가 너무 차분했고, 그래서 나는 그 말이 질문이 아닌 것처럼 들렸다. 이모는 작게 미소를 지을 뿐 한동안 대답하지 않았다. 대답하지 않던 이모가 아이의 머리를 쓰다듬으며 작게 말했다.

사람들은 네가 할 수 있는 일들을 잘 믿으려 하지 않을 거야. 네가 가진 가능성들, 그리고 지금도 할 수 있는 일들을 사람들은 자꾸만 의심할 거야. 네가 구구단을 6단까지 외울 수 있다고 말했을 때 너희 아버지가 믿지 않았던 것처럼.

들려주니까 믿었어요.

들려줘도 믿지 않는 사람들이 세상에는 아주 많아.

내가 어려서요?

응, 어려서. 그리고 나중에 크더라도.

왜요?

잘 모르겠어. 아무리 커도 그런 걸 알 수는 없을 거야.

아줌마만큼?

아줌마처럼.

억울하네요.

억울하지. 하지만 그것만은 잊지 않아야 해. 우리는 우리가 하고 있는 일, 받고 있는 대우보다 훨씬 더 귀하고 소중한 사람이란다. 앞으로 무슨 일을 하는 어떤 사람이 되더라도 그 사실만큼은 변하지 않을 거야.

저는 아줌마가 좋아요.

나도 너를 사랑해.

아줌마처럼 되고 싶어요.

괜찮겠어? 사람도 먹어야 하는데?

그건 좀 싫은데.

너만 알고 있어야 해. 사실은 나, 사람 안 먹어.

그렇게 말하며 이모는 입맛을 다셨다. 아이는 이모를 보고 자지러지게 웃다가 다시 차분하게 돌아온 목소리로 대화를 이어나갔다.

저 사실은 게임을 별로 좋아하지 않아요.

하지 않아도 괜찮아. 대신에 좋아하는 일을 많이 하면 돼.

석이는 별로 좋아하지 않는데도 제가 올 때마다 같이 책을 봐주잖아요.

그렇네. 그건 정말 고마운 일이야. 별로 내키지 않을 텐데도 아줌마를 위해 같이 살아주기도 하고. 다음에 꼭 고맙다고 말하자, 우리.

같이 게임을 하지 않아도 괜찮을까요?

그럼. 석이도 이해해줄 거야.

착해요, 참.

그 부분에서 낯이 간지러워 내가 몸을 일으켰다. 조금만 참았다면 좋았을 텐데. 그 대화를 계속 듣고 싶다고 생각했으니까. 두 사람만의 짧은 대화는 그렇게 끝이 났고 그날 이후로 마을에 그 아이를 좋아하지 않는 사람은 단 한 명도 없게 되었다. 나는 그 아이가 좋았다. 그때껏 어떻게 그 아이를 좋아하지 않을 수 있었던 건지 도저히 기억이 나지 않을 정도로. 게임을 하지 않아도, 억지로 책을 읽게 만들어도 상관없었다. 오래도록 공략했던 최종 보스 쿠파를 잡았기 때문이었는지는 몰라도 그 아이와 함께라면 더 이상 게임을 하지 않아도 괜찮을 것 같았다. 그리고 가능한 한 오래 그 아이와 함께 자라고 싶었다. 자라고 흘러서 미래에는 훨씬 더 좋은 친구가 될 수 있을 거라고 생각했다.

당연히 그렇게 될 거라는 것을 너무 쉽게 믿었다.

오랜만이구나.

잘 지내셨어요?

아저씨는 그때도 머리가 희끗했지만 지금은 완전히 백발이 되어 있었다. 검은 정장은 새것처럼 보였다. 사이즈가 전혀 맞지 않은 것으로 미루어 이곳에 오기 위해 급히 산 것 같았다. 아저씨는 테이블에 놓인 소주를 집었다. 뚜껑을 열고 자신의 잔에 먼저 한 잔을 따른 후 내 쪽으로 병 주둥이를 내밀었다. 나는 두 손으로 잔을 들고 내 잔에 술을 따르는 아저씨의 손을 멍하니 바라보았다. 많이 떨리고 있었다.

아직도 양조장 하세요?

안 하지. 힘도 들고, 하기도 싫고. 너는 요즘 어떻게 지내냐?

학교 다녀요. 서울에서.

나이가 어떻게 되니?

스물넷이요.

그렇겠구나. 동갑이니까.

거기까지 말한 후에 아저씨는 잔을 집어 단숨에 들이켰다. 마신다기보다는 버리는 것에 가까운 동작이었다. 나는 고개를 돌려 천천히 소주를 마셨다. 주종을 가리지 않고 자주 마시는 편인데도 그 잔만은 유독 쓰게 느껴졌다. 목으로 넘기기가 쉽지 않았다.

와주셔서 감사해요.

아니다. 별로 멀지도 않고. 와야지. 나는 와야지.

그래도, 쉽지 않으셨을 텐데.

아니다. 그렇지 않다.

아저씨는 빈 잔에 다시 소주를 따르고 또 단숨에 들이켰다. 두 잔을 연달아 비우자 손 떨림이 눈에 띄게 줄어들었다. 잘은 모르겠지만 얼핏 보기에도 건강한 상태는 아니었다.

아직 절을 안 했는데. 절을 해도 될까.

해주시면 좋죠. 아니 뭐, 좋을 거야 없겠지만.

그래, 하고 가마. 잘 지내라.

네, 건강하세요.

아저씨는 마지막으로 잔에 소주를 가득 따랐다. 넘칠 듯 말 듯 한 소주를 또다시 한입에 털어 넣은 후 천천히 몸을 일으켜 빈소로 다가갔다. 멀리 어렴풋하게 보이는 아저씨의 뒷모습이 너무 작았다. 여전히 다리를 절고 있구나. 그때부터 지금까지 쭉 절었을까. 저렇게 걸으며 살았을까. 사이즈가 맞지 않는 검은 정장이 완장처럼 헐렁했지만 전혀 이상하지 않았고 오히려 아주 잘 어울린다는 느낌으로 다가왔다.

왜 사과하지 않을까.

나는 병을 들어 내 빈 잔에 소주를 가득 따랐다. 따르긴 했지만 마시지 않고 한동안 뒀다. 먹고 싶지 않았다.

*

아이의 아버지는 잠긴 문을 부수고 들어왔다. 나는 방 한 구석에 웅크려 앉아 몸을 떨며 아저씨가 쏟아내는 다양한 욕을 들었다. 아주 어렸었지만 그때껏 한 번도 들어본 적이 없는 욕이었다. 너무 낯설어 그것이 욕이라는 것도 시간이 한참 지난 후에야 알게 되었다. 이모는 침대에 누워 아무런 말도 하지 않은 채 무참히 쏟아지는 욕들을 받아내고 있었다.

귀신 같은 년. 재앙 같은 년. 악마 같은 년. 마귀 같은 년. 천하에 둘도 없을 저주를 받을 년. 사람 잡아먹는 년. 내 딸을 살려내라. 내 딸을 살려내.

아이의 사체는 누군가의 무덤 옆에서 발견되었다. 몸 여기저기에 타박상과 찰과상이 심했지만 직접적인 사인은 아직 밝혀지지 않은 상태였다. 왜 죽었는지, 어떻게 죽었는지, 누가 죽였는지, 누가 죽이기는 한 건지, 밝혀진 것은 아무것도 없었다. 그런데도 아저씨는 이른 오후부터 찾아와 날이 저물어 자정이 다 될 무렵까지 이모에게 쉬지 않고, 정말 단 1초도 쉬지 않고 욕을 쏟아냈다. 이모는 아무런 말도 하지 않았다. 나는 너무 답답했다. 소문에도, 의심에도, 오해에도 대답하지 않을 거라면 도대체 이모는 무엇을 위해 살아가는 사람일까. 살고 싶지 않다고 생각했다. 정말이지 죽고 싶었다.

아저씨가 이모를 잠정적인 범인으로 지목한 것에는 어떤 합리적인 논리나 증거나 증명도 존재하지 않았다. 그저 단 하나의 정황이 증거라면 증거였는데, 아이의 몸 이곳저곳에 이빨로 깨문 듯한 흔적이 발견된 것이었다. 육식동물의 날카로운 이빨이나 멧돼지의 커다란 이빨 자국과는 아주 달랐다. 작고 뭉툭하고 무딘 이빨 자국을 보자마자 아저씨는 이모에게 왔다. 그럴 수 있다. 합리적으로 정황을 판단하고 아이의 죽음에 대해 생각할 여건이, 시간이 있었을 리가 없으니까. 평소에는 웃어넘겼던 괴상한 소문이 떠올랐을 것이고 아닌 걸 알면서도 분노를 표출할 대상이 필요했을 것이다.

그리고 만만했겠지. 우리 이모가. 이모니까.

그러나 그것은 여전히 이해라기보다는 용서와 관용에 가까운 추론이고 당시의 나는 두려웠다. 몇 시간이나 지속된 두려움은 분노에 가까운 상태로 점점 변해가고 있었다. 나는 웅크려 있던 몸을 폈고 자리에서 일어났다. 여전히 무시무시한 욕을 쏟아내고 있는 아저씨를 향해 천천히 다가갔다.

그만해요.

아저씨는 내 말을 듣지 못했다. 듣지 못한 건지 듣지 않은 건지는 알 수 없었지만 적어도 들을 생각이 없다는 것만은 알 수 있었다. 나는 고함을 지르며 아저씨에게 달려들었다. 그러나 당시의 나는 막 여덟 살이 된 아이였고 또래치고는 덩치가 조금 큰 편이긴 했지만 그래봤자 성인 남성에게 위협이 될 리가 없었다.

우리 이모가 죽인 거 아니니까 그만하라고 씨발!

나는 의미도 모르는 욕을 하며 악을 썼다. 그것은 내 생의 첫 욕이었다. 그러나 아저씨는 아무런 동요도 보이지 않았다. 오직 이모만이 놀란 눈으로 나를 바라보았다. 그것은 그날 이모가 보인 최초의 반응이었다. 이모의 반응을 보고, 이모가 그 모든 욕을 듣고 있었으며 최선을 다해 견디고 있었다는 사실을 두 눈으로 확인하고, 나는 도저히 참을 수가 없었다. 어떻게든 이모를 지켜야 한다고 생각했다. 나는 내가 가진 가장 강력하고 날카로운 무기로 아저씨를 공격했다. 내 이가 아저씨의 허벅지 살을 뚫고 들어간 것은 순식간에 일어난 일이었다.

아저씨는 쓰러지듯 주저앉아 허벅지를 연신 손으로 쓸어내렸다. 파란색 청바지 한쪽이 삽시간에 붉게 변해갔다. 신기하게도 붉은색과 파란색은 전혀 섞이지 않았다. 붉은색이 파란색을 뚫고 나오는 이미지에 가까웠다.

이 새끼, 이 새끼들이 쌍으로 식인종이었네. 애새끼도 식인종이네!

아저씨!

그때였다. 아저씨의 어떤 욕에도 반응하지 않던 이모가 아저씨에게 소리를 지르며 몸을 일으켰다. 아저씨는 놀랐는지 허벅지를 문지르던 손을 멈추고 이모를 올려다보았다. 이모는 일그러진 얼굴을 더 심하게 일그러뜨리며 울고 있었다. 흘러내린다기보다는 터져 나오는 눈물을 닦아낼 생각이 전혀 없는 것 같았다.

애한테 지금 무슨 말을 하는 거예요?

뭐?

만약에 저 아니면 어떻게 하시려고 지금 이러시냐고요.

이 새끼가 근데……

저 아니고요. 저 아니에요. 저 사람도 안 먹고 사람도 안 죽여요.

그럼 누군데?

제가 어떻게 알아요. 제가 뭘 알겠어요. 알면 안다고 지랄하고 모르면 모른다고 지랄하고, 아는 것도 모르는 척 모르는 것도 아는 척 살게 만들어놓고 왜 나한테 자꾸 그래요? 왜 우리 애한테는 또 그래요? 저도 슬픈데. 물론 아저씨도 슬프실 거고 아마 가장 슬프시겠지만 저도 슬퍼요. 쟤도 슬플 거고요. 친구였잖아요. 피차 슬픈데 이제 그만 좀 하세요. 슬퍼할 시간 좀 주세요 저희한테도, 좀.

아저씨는 당장이라도 이모에게 달려들 것처럼 몸을 일으

켰다. 그러자 아랫집에 살던 할아버지가 올라와 아저씨를 말렸다. 아저씨가 욕을 할 때는 단 한 번도 모습을 보이지 않던 사람이었고 이모의 고함 소리를 듣고 달려온 것 같았다. 아저씨를 말려줘서 고마웠지만 고맙지만은 않았다. 왜 언제나 사람들은 조금씩 늦게 우리를 돕는 걸까. 왜 사람을 가려가며 도움을 줄까. 제대로 가리지도 못하면서.

아저씨는 한동안 더 악을 쓰다가 할아버지의 부축을 받고 다리를 절뚝거리며 돌아갔다. 걸음마다 피가 뚝뚝 흘러 번졌다. 이모는 힘없는 몸짓으로 걸레를 빨아 바닥을 닦으며 내게 말했다. 그런 말을 하지 말라고. 그래서는 안 된다고. 저 아저씨는 지금 너무 슬퍼서, 그냥 슬퍼서 저러는 거라고.

나는 잘 이해가 가지 않았다. 나도 너무 슬펐으니까. 왜 어떤 슬픔은 너무 쉽게 권력이 되어버리는 걸까? 도대체 슬픔과 슬픔이 어떻게 유별할 수 있을까?

아이의 사인이 밝혀진 것은 그다음 날이었다.

*

장례식장이 워낙 외진 곳에 있었기 때문에 중간에 필요한 것이 생겨도 사러 나가기가 어려웠다. 병원 한편에 매점이 있긴 했지만 저녁 9시가 넘으면 문을 닫았고 담배를 팔지 않았다. 휴대폰을 꺼내 지도를 보니 주변에는 아무것도 없었다. 가장 가까운 편의점조차도 최소 30분 이상은 걸어야만 했다. 나는 마지막으로 남은 담배를 입에 물고 불을 붙였다. 사방이 고요했고 담배에 불이 붙는 소리가 선명하게 들렸다. 담배를 사러 가야 했다. 이 날씨에, 변변한 외투도 없이 30분 이상을 걸어 담배를. 이참에 끊을까 하는 생각이 들기도 했지만 아무래도 너무 갑작스러웠다. 삼촌이나 큰이모에게 부탁해 차를 타고 갈까 싶었지만 나는 면허가 없었고 삼촌과 큰이모는 각자의 손님들을 상대하느라 많이 바빴다. 나는 조금 망설이다가 빈 갑을 구겨 쓰레기통에 넣은 후 옷깃을 여몄다. 아무리 여며도 바람은 빈틈을 찾아 그 사이로 들어왔다.

밤 10시가 넘은 시간이었고 차가 거의 다니지 않았다. 가로등 같은 것이 있을 리가 없었고 바로 앞길도 보이지 않아 한 걸음을 내딛는 것조차 버거웠다. 평소보다 걸음이 더딜 수밖에 없었고 나는 찬바람이 불 때마다 강력한 금연 욕구를 느끼며 그럼에도 포기하지 않고 편의점을 향해 30분 남짓을 걸었다. 멀리 편의점의 간판이 보였다. 아무런 빛도 없는 거리 한복판에서 간판만이 미세하게 빛나고 있었다. 나는 걸음을 서둘러 편의점 앞에 섰다.

허탈하게도 편의점은 24시간 영업을 한다고 입간판까지 세워놓은 채 닫혀 있었다. 편의점이 닫힌 것을 마지막으로 본

게 언제였더라. 편의점이 문을 닫기도 하는구나. 그렇다면 이 입간판을 좀 치워둬야 하지 않을까. 어쩔 수 없이 나는 한동안 금연을 해야겠구나. 방향이나 기준이 없는 여러 생각이 빠르게 머리를 스치고 지나갔다. 그 모든 생각과 일이 너무 비현실적이었고, 비현실적이어서, 불 꺼진 편의점 앞에 서서 그럴 리가 없다고 말하다가 소스라쳤다. 그럴 리가 없다니, 나는 아직도 자꾸만 그런 말을 할 수 있는 사람이구나.

*

이모는 아무도 만나고 싶어 하지 않아.

내가 왔다고 말해줘. 내가 여기 왔다고.

돌아가. 이모는 아무도 만나고 싶어 하지 않아.

나 아줌마에게 할 말이 있어.

나한테 해. 내가 전해줄게.

꼭 전해줘. 이대로는 살고 싶지 않다고. 이대로는 도저히 살 수가 없는데 도대체 어떻게 해야 하느냐고.

그래, 꼭 전할게. 다음에 꼭.

네번째 무덤이 파헤쳐졌던 날 아이가 찾아왔고 아이에게서는 술냄새가 났다. 아이는 이모를 좀 불러달라고 말했지만 이모는 여전히 아무도 만나고 싶지 않은 것 같았다. 나는 아이의 말을 꼭 전하겠다고 약속했지만 다음에도 다음의 다음에도 그다음에도 아이의 말을 이모에게 전하지 않았다. 솔직히 말하자면 이모의 장례식 전까지 아이가 그런 말을 했다는 사실조차 까맣게 잊고 지냈다. 아이는 비틀거리며 어딘가로 향했고 나는 다시 내 방으로 들어가 게임 패드를 잡았다. 쿠파를 죽이는 건 이제 별다른 노력을 기울이지 않아도 너무 쉬운 일이었다.

아이의 사인은 급성 알코올중독이었다. 술에 취해 죽은 사람은 몇 번인가 봤지만 술을 먹어서 죽은 사람을 본 것은 그때가 처음이었다.

알코올중독이요?

이모는 허망한 눈으로 되물었다. 눈앞의 경찰이 아니라 어딘가의 허공을 보는 것 같은 눈이었다. 경찰은 수첩을 이리저리 넘겨보며 말을 이어나갔다.

예, 애가 자기 아버지 가게에서 자주 막걸리를 훔쳐 마신 모양이에요. 황당하죠?

아니요. 안 황당하고 슬픈데요.

예, 뭐. 아무튼 애가 어디 숨어서 술을 마실 데가 있겠어요? 최근에 이 동네 여기저기서 무덤 훼손된 적 많았죠? 그게 다 애가 거기 숨어서 막걸리를 마셔서 그래요. 아무래도 무덤 쪽에는 사람이 잘 안 오니까. 마시다가 남으면 무덤 주변에 빙 둘러서 뿌려두고. 꼭 성묘하는 것처럼.

그 냄새를 맡고 야생동물이 와서 무덤을 판 거고요?

네. 그날은 무슨 일인지 남기지도 않고 너무 많이 마신 거고.

그 애가 숨어서 술을 마실 이유가 있었을까요? 죽을 때까지?

그건 잘 모르겠네요. 근데 주변 증언을 들어보면 애 아빠가 좀…… 모르셨어요?

몰랐어요. 그런 이야기를 한 번도 한 적이 없어요.

사건이랑은 무관하니 그 이야기는 넘어가고요.

왜 넘어가요? 어떻게 그걸 그냥 넘어가요?

그럼 뭐 대신 고소라도 하시게요?

고소를 안 하면 그냥 두나요?

아니, 지금 우리끼리 싸우자는 게 아니고. 피해자 부모가 아가씨를 범인으로 지목했었는데 이제 해결됐다고 알려드리려고 온 거예요. 애초에 용의선상에 올리지도 않았지만.

왜 안 올려요? 그러다 진짜 제가 그런 거면 어떡하시려고요?

아니, 지목한 이유가 사람을 먹어서라는데 그걸 누가 믿습니까.

먹어요, 저.

경찰은 수첩을 넘기던 손을 멈추고 이모를 노려봤다. 이모는 아무런 표정도 짓지 않고서 여전히 허망한 눈으로 경찰이 앉아 있는 쪽을 바라봤다. 나는 이미 몇 번이나 잡아 죽인 쿠파를 또 잡고 있었다. 모든 일이 너무 쉬웠다.

농담이죠?

농담이죠.

경찰은 가볍게 웃은 후에 다시 수첩을 넘기며 말을 이어갔다.

그, 사체 훼손은요. 고라니예요.

고라니요? 고라니는 근데……

초식동물이죠. 네, 그런데 가끔 고기도 먹는대요. 말이나 소도 병아리 같은 작은 새가 지나가면 잡아먹는 경우가 종종 있다고 하더라고요.

고라니가요.

네. 소화를 잘 못 시킬 뿐이지 생각보다 좋아한대요, 고기.

당연한 건 없네요, 참.

경찰이 돌아간 후에 이모는 안방에 들어가 문을 잠근 채 한동안 나오지 않았다. 울고 있지는 않은지 걱정이 되어 문에 귀를 대고 들었는데 역시 울고 있었다. 이모가 우는 걸 확인한 후에 나는 다시 내 방으로 가 게임 패드를 잡았다. 쿠파를 또 잡고, 잡고 잡고 잡고, 아 엄마는 왜 다른 게임을 사 주지 않는 걸까, 차라리 아무것도 사 주지 말지, 너무 애매하게 고맙네, 이런 생각을 하다가 정신을 차려보니 나도 울고 있었다. 아직 그 애한테 고맙다는 말을 듣지 못했는데. 다음에 들으려고 했는데. 이제는 영원히 다음이 없다는 것을 나는 알고 있었다. 왜 매번 그렇게 거짓말만 하느냐고 따져 묻고 싶었지만 그럴 수 없었다. 우리는 늘 누군가의 미래였지만 당연하게 주어지는 미래 같은 것은 존재하지 않았다. 매일 똑같은 책을 읽고 매일 똑같은 게임을 해도 그것은 전에 없었고 다시는 없을 현재였다. 우리는 우리의 현재를 살고 있었다.

석아. 우리 가자. 여기서는 못 살겠다. 여기는 너무 무덤 같아. 무덤이 많다. 가자. 네 엄마한테 가서 살자.

언제 나왔는지 이모는 등 뒤쪽에서 손을 뻗어 내 눈물을 닦아주고 있었다. 나는 황급히 고개를 돌려 이모에게 물었다.

이모도 갈 거지? 같이 살 거지?

살아야지. 계속 같이 살아야지, 우리는.

이모는 그렇게 말했다. 분명히 살자고 말했다. 그러나 너무 많은 것이 그렇듯이 사는 게 참 그렇게 되지는 않았고 나는 지금 이모의 장례식장에 있다. 아무런 힘도 없이.

                              *

　　설거지라도 하려고 했지만 장례식장에서는 모든 식기를 일회용품으로 대신했고 설거짓거리가 없었다. 가만히 있고 싶지 않아 어떻게든 할 일을 찾아 나섰지만 자정이 조금 넘은 시간이었고 찾아오는 조문객도 없었다. 접객실에는 고스톱을 치던 노인들만 남아 지치지도 않고 고스톱을 치고 있었다. 나는 노인들과 마주치고 싶지 않았고 차라리 빈소를 지키는 것이 더 낫겠다는 결론을 내렸다. 몸을 일으켜 빈소에 들어서자 엄마가 꾸벅꾸벅 졸고 있는 모습이 눈에 들어왔다. 나는 천천히 엄마에게 다가갔다.

　　졸리지?

　　엄마는 나쁜 일을 하다가 들킨 사람처럼 화들짝 놀라며 나를 올려다보았다. 휴대폰을 꺼내 시간을 확인한 후에는 길게 하품을 했다.

　　밖에 사람 많아?

　　아니, 별로 없어. 할머니 할아버지 몇 분 계셔.

　　아직도 고스톱 쳐?

　　아직도 치지. 계속 고, 고, 고. 스톱을 몰라.

　　스톱을 안 하면 못 이기지 않나.

　　그래도 잘 안 되지. 멈추고 이러는 게.

엄마 좀 들어가서 쉬어도 될까?

그럼. 고생했어. 이제 내가 있을게.

그래, 고맙다.

고맙다고?

왜? 너 왜 울어?

아니, 아니야. 들어가서 눈 좀 붙여.

엄마는 느리게 몸을 일으켰다. 손을 뻗어 내 눈물을 닦아 준 후에 차고 있던 완장을 벗어 내게 건넸다. 나는 오른팔에 완장을 찼다가 엄마에게 잔소리를 들은 후 다시 왼팔에 완장을 옮겨 찼다. 엄마는 다시 긴 하품을 하며 빈소 뒤편에 있는 휴게실로 들어갔다. 삼베로 된 완장을 하나 찼을 뿐인데 왼팔이 무거워진 기분이 들었다. 나는 천천히 이모의 영정 앞으로 다가 갔다. 향이 거의 다 타버린 상태였고 그대로 두면 곧 꺼질 것 같았다. 새로 향을 피우고 이모의 영정을 바라보는데 뭔가가 이상했다. 나는 영정 옆에 놓인 소주병을 집어 안을 확인했다. 병목까지 꽉 들어차 있던 소주가 반만 남은 채 출렁거렸다. 도 대체 뭘까? 어떻게 이런 일이 있을 수 있을까? 한참을 생각하다 다리를 절뚝이며 돌아가던 아저씨의 얼굴을 떠올렸다. 당연 히, 아저씨가 아닐까? 그렇게 생각하다가 고개를 저었다. 아직 도 당연하다는 말을 그렇게 쉽게 해버리는 내가 스스로도 이해가 되지 않았다. 엄마일 수도 있었다. 엄마를 깨워 물어보려다가 그만두기로 했다. 아무래도 상관없었고, 오히려 나는 반쯤 비어 있는 그 병으로부터 얼마간 위로를 받은 기분이 들었다. 아니, 받았다.

천천히 뚜껑을 열어 병을 입으로 가져갔다. 조금 기울이자 소주가 약한 줄기로 입에 들어왔다. 나는 목구멍을 좁혀 아주 천천히 소주를 삼켰다. 입안 가득 홧홧한 액체가 조금씩 들이찼다. 빠져나가는 양보다 들어오는 양이 더 많은 그것이 아주 쓰다고,

평소보다 조금 더 그런 것 같다고 나는 생각했다.

있는 사람

출입 명부에는 이미 네 이름이 적혀 있었다. 몇 번이나 확인해보았지만 틀림없었다. 네 이름은 한 번이라도 너를 만나본 사람이라면 좀처럼 잊기 어려울 정도로 특이했다. 이름 자체보다는 성 때문이었는데 나는 너를 만나기 전에는 그런 성이 우리나라에 있다는 사실조차 알지 못했다. 다 떠나서 거주 지역과 전화번호가 같은 줄에 함께 적혀 있었으므로 의심의 여지조차 없었다. 거기에 있는 것은 네가 맞았다. 명부에 적힌 방문 날짜는 하루 전이었고 시간은 저녁 6시 무렵이었다. 아무리 생각해도 불가능한 일이었고 믿을 수 없었다.

전날 저녁 우리는 너의 집에서 마지막으로 여행 계획을 점검했고 너무 늦지 않은 시간에 같은 침대에 누워 잠들었다. 날이 밝자마자 택시를 타고 역으로 가 기차를 탔고 서로의 옆자리에 앉아 도착하는 순간까지 잠시도 떨어지지 않았다. 도착한 후에는 배가 너무 고파 별다른 고민 없이 역에서 가장 가까운 식당 중 한 곳을 선택해 막 들어선 참이었다.

나는 네 이름이 적힌 칸 바로 아래에 내 이름을 적었다. 위아래로 나란히 적힌 네 이름과 내 이름은 전혀 어색하거나 이상하게 느껴지지 않았다. 그때 등 뒤에서 나를 부르는 소리가 들렸다. 조금 놀라 돌아봤더니 소독제가 흥건하게 묻은 손을 가볍게 털며 네가 나를 보고 있었다. 네가 손을 움직일 때마다 연하게 풍기는 알코올 냄새 때문에 안 그래도 혼란스러운 상황이 더 비현실적으로 느껴졌다. 내가 아무런 말도 하지 않고 한동안 너를 바라보기만 하자 너는 목소리를 낮춰 속삭이듯 물었다.

뭐야, 왜 그래?

나는 고민하다가 타이밍을 놓쳐 아무런 대답도 하지 못했다. 너는 소리 내어 웃으며 손바닥으로 내 등을 찰싹 때렸다.

비켜. 나도 이름 적어야 해.

나는 네게 펜을 넘겼다.

대부분의 사람처럼 우리가 여행 계획을 짜며 가장 중요하게 생각한 것은 여행지를 정하는 일이었다. 서로 원하는 조건이 분명했고 의견이 충돌하는 경우가 많았으므로 조율하는 일이 쉽지 않았다. 싫든 좋든 여행지를 국내로 한정할 수밖에 없는 상황이었다. 좁아진 선택지 때문에 우리는 역설적으로 더 많은 것을 고민해야 했다. 갈등하고 번복하는 과정이 길어지면서 나는 생활을 유지하는 데 필요한 에너지마저 고갈되는 느낌을 받았다. 아마 너도 마찬가지였을 것이다. 우리는 점점 더 날카로워졌다. 헤어지자는 말만 하지 않았을 뿐 어느 날 한쪽이 일방적으로 이별을 선언해도 전혀 갑작스럽게 느껴지지 않을 정도였다. 여행을 제안한 사람은 나였다. 함께 떠나는 첫 여행이었고 부딪치는 부분이 있을 수 있겠다는 생각은 했지만 그렇게까지 안 맞을 거라고는 짐작조차 하지 못했다. 언젠가 어디서 주워들었던 말이 떠올랐다. 정말로 누군가를 알고 싶다면 함께 여행을 떠나보라던 말. 그 말이 맞았다. 사람을 파악하는 데 있어 여행은 가장 확실하고 정확한 실험이었다. 우리는 여행 날짜를 두 번이나 미루고도 끝내 의견을 좁히지 못했다. 그 와중에도 전염병은 사그라들 줄 몰랐다. 이렇게까지 해서 여행을 가야만 하는지에 대한 의문이 나날이 이어졌다. 그러던 어느 날이었다.

우리는 너의 집 식탁에 마주 앉아 밥을 먹고 있었다. 그 무렵 너와 나는 만나기만 하면 언성을 높이기 바빴고 그게 싫어서 될 수 있는 한 만남을 피하던 중이었다. 그런데 그날은 네가 나를 집으로 불렀다. 나는 거절할 명분이 없어 잠시 고민하다가 알겠다고 대답했다. 도착했더니 네가 밥을 차려놓고 나를

있는 사람

229

기다리고 있었다. 내가 자리에 앉자 너는 식사를 시작했다. 나는 사람을 불러놓고 말 한마디 하지 않는 네게 짜증이 치밀어올랐다. 그러나 이제는 좀 그만 싸우고 싶었고 열을 삭이며 젓가락을 집어 막 식사를 시작하려는데 네가 말했다.

우리 그만하자.

올 것이 왔다는 생각만 들었다. 할 말이 그거였구나. 밥이나 다 먹고 하지. 나는 젓가락을 거칠게 내려놓으며 너를 노려봤다. 언제나 제멋대로, 아무 말이나 쉽게 뱉어버리는 너를 도저히 이해할 수 없었다. 너는 나와 눈도 마주치지 않고 밥알을 하나씩 집어 입에 밀어 넣었다. 한동안 침묵이 이어졌다. 짧은 시간이었지만 내 머릿속에서는 그동안 상상하고 그려왔던 너와의 미래가 형체를 알아볼 수 없을 정도로 급격하게 무너지고 있었다. 끝낼 땐 끝내더라도 이대로는 아니었다. 그간 너에게 베풀었던 나의 배려와 너의 무례를 조목조목 알려주고 나의 승리로 이 관계를 마무리하고 싶었다. 그러나 다음 순간 네 입에서는 내가 예상하던 것과 전혀 다른 말이 흘러나왔다.

이제 그만하고 서로 양보 좀 하자고.

순간적으로 온몸이 가려워졌다. 귀가 부풀어 오르는 느낌도 들었다. 할 수만 있다면 신에게 내 얼굴을 모자이크 해달라고 빌고 싶었다. 너는 밥그릇과 반찬 통을 식탁 구석으로 치우고 팔을 뻗어 내 손을 잡았다. 오랜만에 맞닿은 네 손은 도저히 네 손이라고 믿을 수 없을 정도로 거칠었다.

가자, 여행. 힘들게 가는 거니까, 더 재밌게.

나는 알겠다고 대답했다. 네게 너무 고마웠지만 고맙다고 말하면 눈물이 나올 것 같아서 차마 그 말을 하지 못했다.

우리는 방식을 바꿔 여행지와 코스를 정하기 이전에 여행의 목적을 먼저 정하기로 했다. '여행' 자체가 목적이 될 수도 있겠지만 지금 우리에게는 조금 더 구체적인 목적이 필요하다는 것이 너의 의견이었다.

우리는 좀더 우리여야 해. 너와 내가 아니라, 우리.

나 역시 네 말에 깊이 공감할 수밖에 없었다. 그러자 그간의 갈등이 무색하게도 단번에 여행지의 조건이 정해졌다.

'둘 모두 초행인 곳. 그리고 다녀온 이후에 다시는 찾아갈 일이 없는 곳.'

너는 태블릿을 꺼내 메모장 제일 위에 그렇게 썼다. 우리는 번갈아가며 한 번도 가본 적이 없는 곳의 이름을 말했다. 국내라는 한정된 조건이 붙었는데도 생각보다 가보지 못했거나 있는 줄 몰랐던 곳이 많았다. 텅 비었던 메모장이 낯선 도시의 이름으로 어느새 빈틈없이 꽉 찼다.

처음 가는 곳에서 처음 보는 것을 보고 오자. 그리고 마지막 날 밤에는 서로에게 비밀을 하나씩 고백하자. 낯선 곳에 '나'와 '너'를 두고 서로를 온전히 이해하고 믿는 '우리'가 되어 돌아오는 거야.

네가 말했고 내가 과장되게 박수를 쳤다. 거기까지 합의가
되자 우리는 여행지를 정하고 코스를 짜는 내내 단 한 번도 다
투지 않았다. 모든 것이 순조로웠다. 우리는 잠을 줄여가며 식
당을 찾고 숙소를 예약했다. 저녁마다 일정을 조율하며 기차
시간을 당기거나 미루기도 했다. 내가 가장 공을 들였던 것은
비밀을 준비하는 일이었다. 어떤 비밀이 좋을지, 어디까지 말
해도 좋을지를 고르고 재다가 그러지 않기로 했다. 네가 나에
게 어떤 비밀을 들려줄지 기대하고 짐작하느라 잠을 이룰 수
없었다. 너의 비밀에 비해 내 비밀이 너무 초라하지는 않을지
걱정도 됐다. 비밀은 품고 있다는 그 자체만으로도 누군가를
더 깊게 바라보게 만드는 힘이 있었다. 그리고 너는 깊이 알수
록 사랑할 수밖에 없는 사람이었다. 여행을 준비하는 내내 나
는 점점 더 너와의 관계가 소중해졌다.

식당 한쪽에 있는 흡연 구역에 가 담배를 꺼내 물었다. 불
을 붙이고 급하게 몇 모금을 흡입하자 조금 안정이 되는 것 같
았다. 그러자 낯선 여행지에서 쬐는 따뜻한 볕과 뭉근하게 피
어오르는 갓 지은 밥 냄새가 기분 좋게 느껴졌다. 혼란스러웠
던 머릿속이 조금씩 차분해져갔다. 나는 멀리 퍼져 사라지는
담배 연기를 보며 생각했다. 괜찮지 않을까. 믿기 힘든 일이 일

어났지만 너는 물리적으로 결백하고, 내가 그걸 알고 있고, 만약 저 이름을 쓴 사람이 너라고 하더라도 그게 우리 사이에 큰 영향을 줄까. 그냥 그러려니, 정말 별일이 다 있구나, 그렇게 넘어가면 아무 일도 없었던 것처럼 지나갈 수 있지 않을까. 그렇게 결론을 내리고 담배 한 개비를 거의 다 피웠을 무렵 갑자기 네가 식당 밖으로 나왔다. 짐을 모두 가지고 나온 것으로 보아 다시 들어갈 생각이 아예 없는 것처럼 보였다. 출입 명부를 본 것이 틀림없었다. 나는 다 피운 담배를 재떨이에 비벼 껐다. 어떤 말로 너를 달래 우리의 여행을 다시 시작해야 할지 생각하고 있는데 순식간에 내 바로 앞까지 온 네가 아무런 표정도 짓지 않고 내게 말했다.

저게 뭐야.

너는 캐리어의 손잡이를 안쪽으로 끝까지 밀어 넣은 후 그 위에 걸터앉았다. 다리에 힘이 풀렸는지 조금 휘청거렸다.

기분 나빠. 불쾌하고 무서워.

괜찮아. 너무 걱정하지 마.

뭐가 괜찮아?

내가 알잖아. 너 아닌 거.

지금 무슨 말을 하는 거야?

네가 갑자기 소리를 질렀다. 나는 깜짝 놀라 너를 내려다보다가 두번째 담배를 꺼내 입에 물었다. 라이터를 꺼내 불을 붙이려는데 네가 한숨을 크게 쉬었다. 순간적으로 기분이 나빴다. 내가 좋게 좋게 넘기려 했던 일들이 네가 쉰 한숨 때문에 너무 심각하거나 아무 의미 없는 일처럼 느껴졌다. 나는 물고만 있던 담배에 불을 붙였다. 더 이상 이 대화를 이어나가고 싶지 않다는 내 나름의 표현이었다. 그러나 너는 언제나처럼 내 기분을 전혀 생각하지 않고 입을 열었다.

내가 말했잖아. 나 지금 무섭다니까.

알겠다고.

알긴 네가 뭘 알아.

지금 나랑 싸우자는 거야?

네가 어떻게 아느냐고.

나한테 왜 이러는 거야? 내가 뭐 잘못한 거야?

끝까지 잘잘못이 중요하지, 지금?

아, 좀!

나는 소리를 지르며 과장되게 머리를 긁었다. 분명히 잘할 수 있을 거라고, 다 극복했다고 생각했는데. 시작과 동시에 여행을 망쳐버렸다는 사실이 비현실적으로 느껴졌다. 답답해서 죽어버릴 것 같았다. 눈에 힘을 주고 너를 내려다봤다. 너는 눈을 치켜뜬 채 나를 올려다보고 있었다. 순간적으로 놀라지 않을 수 없었다. 아까는 미처 보지 못했던 네 눈, 붉게 충혈된 눈동자와 쉬지 않고 떨리는 눈꺼풀이 보였기 때문이다. 나는 두려웠다. 네가 나를 원망하고, 원망해서 떠나갈까 봐. 어떻게든 이 상황을 해결해야겠다는 생각만 들었다. 나는 무릎을 굽히고 앉아 네 눈에 맺힌 눈물을 닦아주며 말했다.

그럼 이렇게 하자. 여기는 역 근처지만 유명한 식당도 아니고 주변에 다른 식당이 많잖아. 그러니까 손님이 많지는 않을 거야. 가서 CCTV를 보여달라고 해보자. 어제저녁 6시 무렵에 누가 왔었는지 확인해보는 거야.

거기까지 말했을 때, 갑자기 네가 몸을 벌떡 일으키며 캐리어의 손잡이를 길게 뺐다. 캐리어를 끌고 빠르게 달려간 너는 맞은편에서 달려오던 택시를 향해 손을 흔들었다. 택시는 너를 발견한 듯 잠시 멈췄다가 천천히 유턴했다. 트렁크가 열리고, 너는 캐리어를 번쩍 들어 트렁크에 실었다. 나는 너를 돕기 위해 서둘러 달려갔다. 그러나 너는 달려와 옆에 선 나를 밀쳐냈다.

꺼져.

나는 네가 미는 방향으로 크게 휘청였다. 이해할 수 없었다. 지금 무슨 일이 일어난 거지. 내가 도대체 뭘 잘못한 거지.

어떻게 한 번이라도 나를…… 됐어. 가라고.

너 도대체 왜 이래? 뭐 찔리는 거 있어? 저게 네 비밀이야? 뭐?

저게 진짜 너 아니냐고.

진짜 나?

아니면 된 거잖아. 이제 저게 누군지만 알아내면 되는 거
잖아.

진짜 나라고? 개새끼야! 진짜 나?

그때 택시에서 요란한 경적음이 울렸다. 너는 나를 잠시
노려보다가 남은 짐을 마저 싣고 뒷좌석에 올라탔다. 택시는
천천히 움직이다가 곧 빠른 속도로 달려 멀어졌다. 나는 억울
했다. 해결하거나 적어도 나아갈 방향이 분명한 상황에서도 감
정적으로 행동하는 너를 이해할 수가 없었다. 그러나 그런 마
음은 잠시뿐이었고 곧 후회가 밀려들었다. 알고 있으면서. 저
게 네가 아니라는 사실을. 설사 너라고 하더라도 그런 것이 중
요하지 않다는 것을 알면서도 너를 다그친 내가 원망스러웠다.
당연히 나보다는 당사자인 네가 더 놀랐을 텐데. 방향을 확인
하기 위해 고개를 돌렸는데 택시는 이미 사라져 보이지 않았
다. 어떻게 해야 할까. 지금 내가 너를 위해 할 수 있는 일이 뭘
까. 우선은 확실한 답을 가지고 너를 안심시켜야겠다는 생각이
들었다. 나는 식당을 향해 빠르게 걸었다.

*

이곳은 당신의 방이었다. 당신은 이곳을 만들고 가꾸고 잇

236

었다. 그러므로 이제, 나는 당신을 알지만 당신은 나를 모른다. 나는 당신이지만 당신은 내가 아니다. 당신은 사라졌지만 나는 내가 기억하는 당신으로 여기 남아 있다. 나는 언제까지고 내가 아는 당신일 수 있다. 당신은 여전할까. 아직도 당신일까.

이 방 곳곳에는 당신이 쓴 글들이 있다. 당신은 한때 이곳에 살다시피 했다. 하루에도 사진을 몇 장씩 올리고, 감성적인 글귀를 쓰고, 문답을 작성했다. 100문, 50문, 10문. 여러 차례 여러 유형의 문답에 도전했지만 끝까지 작성한 문답은 거의 없었다. 그래도 나는 그 글들을 통해 당신에 대해 알 수 있었다. 당신의 이름과 나이, 사는 곳, 학교, 성별과 키와 몸무게, 사용하던 메신저 아이디와 이메일, 이상형과 장래 희망, 그리고 성인이 된 후 새로 바꾼 전화번호까지. 당신이 여전히 그런 사람이라고는 생각하지 않는다. 당신이 마지막으로 이곳에 글을 쓴 것은 오래전이고, 당신은 그때도 글을 쓸 때마다 조금씩 다른 사람이 되어갔으니까.

당신은 기억하고 있을까. 당신이 그런 글들을 쓴 적이 있다는 사실을. 당신이 한때는 그런 사람이었다는 것을. 아마도 잊었겠지. 손쉽게 그랬겠지.

당신의 글 중에서도 내가 가장 좋아하는 것은 당신의 일기다. 당신에게는 평범한 일상도 누구나 부러워할 만큼 근사하게 꾸며내는 능력이 있다. 특히 연애 얘기를 할 때 당신의 재능은

빛이 났다. 당신이 누군가를 만나고 헤어지고 다시 만나는 그 모든 과정은 특별하고 아름다웠다. 이별을 통보하는 것은 주로 당신이었지만 이별은 언제나 상대방의 탓이었다. 당신의 애인 들은 하나같이 비밀이 많거나 너무 빨리 지쳐버리는 사람들이 었다. 당신은 사람과 사랑에게 상처를 받았고 다시는 사랑 같 은 걸 하지 않을 거라고 썼다가 사흘 후에 새로운 사랑이 시작 됐다는 일기를 쓰기도 했다. 나는 진심으로 당신의 삶과 사랑 의 팬이다. 이제는 당신의 새로운 글을 읽을 수 없다는 사실이 못내 아쉬울 뿐이다. 당신의 사랑은 여전히 특별한지, 지금은 어떤 사랑을 하고 있는지, 나는 궁금하다.

하지만 나는 당신이 돌아오기를 바라지 않는다. 한때는 그 랬던 적도 있지만, 나는 이제 이곳을 당신의 방이라고 생각하 지 않는다. 이곳은 당신이 비워두고 방치한 방이다. 나는 당신 없는 당신의 방을 채우고 가꾸고 지켜왔다. 아주 오랫동안 당 신의 이름으로 당신의 방에서 살아왔다.

절대로 돌아오지 마라. 이곳은 이제 나의 방이다.

*

사장은 CCTV가 작동하지 않는다고 말했다. 나는 식당 입구에 붙은 카메라와 스티커를 번갈아가며 손가락으로 가리켰다. 스티커는 오래되어 조금 벗겨지고 흐려지긴 했지만 'CCTV 작동 중'이라는 글자를 알아보는 것은 어렵지 않았다.

가짜입니다. 모형이요. 그냥 예방하는 차원에서 붙여둔 거예요.

그래도 돼요? 있지도 않은 걸 저렇게 붙여놔도?

돼요. 있는데 없다고 하는 건 불법이지만 없는 걸 있다고 하는 건 상관없어요.

왜요?

법이 그래요, 법이.

사장의 단호한 목소리에 나는 달리 할 말이 없어서 주변을 둘러보았다. 식당 안에는 식사를 마치고 텔레비전을 보는 중년의 남성 한 명만이 테이블을 차지하고 있을 뿐이었다. 점심시간이 조금 지난 시점이라는 것을 감안하더라도 지나치게 한적했다. 어제저녁에도 이런 상태였다면 사장이 그 사람을 기억할 수도 있을 거라는 생각이 들었다.

혹시 이 사람 기억하세요?

나는 출입 명부에 적힌 네 이름을 가리키며 사장에게 물었다. 사장은 고개를 갸웃거리며 확실하지는 않지만 대략적인 이미지는 기억이 난다고 말했다. 보통 체형에 보통 키, 길다고도 짧다고도 말하기 애매한 머리 길이, 얼굴에 비해 조금 큰 하얀색 마스크, 그리고…… 거기까지 말한 후 짧게 침묵하던 사장은 더는 기억나는 것이 없다고 말했다. 나는 답답해 미칠 것 같았다. 사장의 말은 어느 것 하나 너라는 증거도 네가 아니라는 증거도 되지 못했다. 나는 다급하게 물었다.

여자였나요, 남자였나요?

그런데 그런 걸 왜 물으세요?

내 질문에 사장이 수상하다는 듯 질문으로 응했고 나는 자초지종을 설명했다. 이건 제 애인의 이름이고, 거주지도 연락처도 모두 제 애인의 것인데, 보시는 것처럼 우리는 이 도시에 살지 않고 다른 도시에서 오늘 아침 막 기차를 타고 왔어요, 어제 이 시간에는 같이 있었고요, 근데 걔가 아까 저랑 잠시 여기 왔다가 이 이름을 보고 많이 무서워해요, 부탁인데 좀 알려주실 수 있으실까요? 장황한 설명을 끝까지 듣던 사장이 헛웃음을 지었다.

말이 돼요?

그러니까요. 이상하니까, 말이 안 되니까 이러는 거예요.

가세요. 신분증 가지고 본인이 직접 오면 알려드릴게요.

나는 떠밀리듯 식당 밖으로 쫓겨났다. 다른 방법이 없었다. 우선은, 그리고 결국에는 너를 찾아야만 했다. 나는 너에게 전화를 걸었다. 너는 받지 않았다. 다시 걸어도 마찬가지였다. 세번째 전화를 걸었을 때는 아예 전원이 꺼져 있었다. 나는 진심으로 네가 걱정되기 시작했다. 왜 곧바로 너를 쫓아가지 않앉을까. 왜 눈앞의 네가, 울고 소리 지르고 화를 내는 네가 더 중요하다는 생각을 하지 못했을까. 두려웠다. 네가 나를 떠나버릴 것만 같았다. 그러지 않도록 지금이라도 서둘러야만 했다. 너는 어디 있을까. 내가 너라면 어디로 갈까. 천천히 고민해보았다. 너에게는 크고 무거운 짐이 많았다. 그 짐을 모두 들고 이동하기는 어려울 것 같다는 생각이 들었다. 그렇다면 우선은 숙소로 향하지 않았을까. 거기까지 생각이 미치자 망설이는 시간이 아까웠다. 나는 건너편에서 오는 택시를 잡아타고 숙소로 향했다.

숙소에 도착하자마자 프런트로 갔다. 위아래로 감색 정장을 차려입은 직원이 천천히 허리를 숙여 인사했다. 어서 오세요. 직원의 목소리는 여유롭고 친절했다. 괜히 화가 치밀어 올랐다.

오늘로 예약한 사람인데요.

네, 확인해드리겠습니다.

나는 직원의 안내에 따라 이름과 예약 번호를 말하고 신분증을 꺼내 직원에게 건넸다. 직원은 빠르고 정확하게 신분증을 확인한 후 나에게 카드 키와 일회용품이 든 지퍼 백을 건네며 환하게 웃었다.

체크인 시간이 조금 남았는데 정리가 일찍 끝나서 바로 입실 가능하세요, 고객님. 11층 1102호로 가시면 됩니다.

나는 직원의 말을 들으며 로비 구석구석을 훑어보았다. 로비는 넓은 편이 아니었고 고개를 몇 번 돌리는 것만으로도 내부를 모두 볼 수 있었다. 봤던 곳을 보고 또 봐도 너의 흔적조차 보이지 않았다. 나는 직원이 건넨 카드 키와 지퍼 백을 받아 들며 다급하게 물었다.

저기요, 혹시 제가 오기 전에 누구 온 사람 없었나요?

실례지만 일행분이 있으신가요?

네, 제 일행인데요. 저랑 동갑이고, 짐이 아주 많았을 거예요. 키는 이 정도에, 조금 말랐나? 아니, 마른 편은 아니고 그냥 평범한 체형이고요. 하얀 옷을 입었거든요.

죄송합니다, 고객님. 방문하신 고객님들의 인상착의까지는 잘 기억이 나지 않습니다.

절망적이었다. 나는 우선 알겠다고 대답한 후 엘리베이터에 탔다. 혹시나 하는 마음으로 11층에 도착해 1102호의 문을 열고 들어섰지만, 역시 너는 없었다. 네 이름을 크게 불러보고 창문으로 다가가 커튼 뒤쪽을 살피고 침대 위에 가지런히 덮인 이불을 들춰봐도 마찬가지였다.

나는 침대 옆에 아무렇게나 가방을 던져두고 엎어지듯 침대 위에 누웠다. 훌륭한 침대였다. 제법 강하게 몸을 던졌는데도 흔들리거나 꺼지지 않았고 탄탄하다는 느낌을 충분히 주었다. 고개를 조금만 돌리면 누운 채로도 창밖으로 멀리 펼쳐진 넓은 강을 볼 수 있었다. 이것 좀 보라고, 뷰도 조식도 좋고 특히 침대가 진짜 좋다고, 호들갑을 떨며 말하던 네 목소리가 들리는 것 같았다. 빨리 예약하라고, 이 호텔은 인기가 많아서 금방 객실이 다 찬다고, 나를 재촉하던 모습도 선명하게 떠올랐다. 여행지가 정해진 후부터 밤마다 함께 누워 검색하고 계획을 짜며 웃던 네가 보고 싶었다. 이럴 수는 없었다. 고작 이름 때문에, 누군지도 모를 사람이 아무렇게나 남기고 간 이름 때문에 우리의 여행을 망쳐서는 안 됐다. 너를 찾으면 네 이름을 함부로 사용한 사람을 찾을 것이다. 찾아가서 도대체 왜 그런 짓을 했느냐고 따져 물을 것이다.

휴대폰을 확인해보았지만 너에게서 온 연락은 없었다. 전화를 걸어보았다. 네 전화기는 여전히 꺼진 채였다. 그렇다고 계속 이대로 있을 수는 없었다. 나는 메모 앱을 켰다. 처음 방문하는 도시. 처음 먹어보는 음식. 처음 보는 것. 우리가 오래 대화하고 함께 결정한 오늘의 일정이 거기 적혀 있었다. 지금 이 시간, 원래 우리가 있어야 할 곳은 이미 정해져 있었다. 마스크를 고쳐 쓰고 몸을 일으켰다.

*

No. 3208 OOO (2022. x. x.)

우리는 결국 모두 지워질 거야.

No. 3207 OOO (2022. x. x.)

그 사람들한테 우리는 흑역사니까. 부끄러운 과거고,

다 지난 세월이니까.

No. 3206 OOO (2022. x. x.)

순식간이었대. 지워지는지도 모르고 지워졌대.

아무런 생각도 들지 않는대. 원래 그랬던 것처럼 그렇게

된대.

No. 3205 OOO (2022. x. x.)

이미 돌아와서 전부 지우고 돌아간 방도 많대.

No. 3204 OOO (2022. x. x.)

소문이 사실이었어.

......

......

......

No. 2623 OOO (2021. x. x.)

그런데 만약에 그들이 정말 돌아온다면 우리는 어떻게
될까.

No. 2622 OOO (2021. x. x.)

걔네가 온다 그러면 우리가 그렇군요 해야 돼? 말도 안 돼.

No. 2621 OOO (2021. x. x.)

소문 들었어? 그 사람들이 다시 올 수도 있대.

이거 나만 이해 안 되는 거 아니지?

……

……

……

No. 1 OOO (200x. x. x.)

왔다 간다 ㅋ

*

다행히도 너는 우리가 함께 세운 계획대로 거기 있었다.

고인돌이 모여 있는 공원이었다. 멀리서는 긴가민가했는데 천천히 다가가 살펴보니 네가 맞았다. 네가 보던 고인돌은 공원에서도 가장 작은 고인돌이었다. 작을 뿐만 아니라 모양도 볼품없었다. 한눈에 보기에도 세워진 굄돌들의 높이가 맞지 않았고 때문에 덮개돌이 기울어져 한쪽 끝이 거의 땅에 닿을 정도였다. 뭐 저런 걸 굳이 보고 있나 싶을 정도였다. 주변에 더 크고 웅장한 고인돌이 많았는데도 너는 그 작은 고인돌에서 한시도 눈을 돌리지 않았다. 캐리어 위에 걸터앉아 미동도 하지 않고 고인돌을 바라보는 네 모습은 아무도 오지 않는 장례식장의 상주 같았다. 나는 천천히 네 옆에 다가가 섰다. 너는 내가 다가오는 걸 알면서도 내 쪽으로 눈길조차 주지 않았다.

여기 있었네.

여기 오기로 했으니까.

그랬다. 너와 나는 둘 다 고인돌을 실제로 본 적이 없었고 마침 이 도시는 고인돌로 유명한 곳이었다. 우리는 별다른 고민 없이 여행의 첫 일정으로 고인돌을 함께 보기로 약속했다. 네가 이곳에서 나를 기다리고 있었다는 것은 그 약속을 잊지 않았다는 뜻이었다. 그렇다면 아직 기회가 있었다. 말투는 여전히 퉁명스러웠고 좀처럼 내 눈을 마주치려 하지 않았지만 그래도 내가 조금만 참으면, 조금만 이해하고 달랜다면 여행을 계속할 수 있을 것 같다고 생각했다.

좀 걸을까?

많이 걸었어. 네가 너무 늦게 와서.

그럼 우리 저기 갈까? 저기 있는 게 더 크다.

이것 빼고는 다 너무 똑같이 생겨서 구분도 안 가.

휴대폰은 왜 꺼놨어?

받기 싫은 전화가 자꾸 와서.

내 전화?

너는 대답하지 않았다. 순간적으로 짜증이 밀려왔지만 그
보다 너를 걱정하는 마음이 더 컸다. 나는 여전히 정면을 향한
네 시야를 가리고 서며 무릎을 굽혔다. 이번에는 나와 눈이 마
주쳤는데도 네가 시선을 피하지 않았다.

미안해. 내가 몰랐어.

뭐가?

그 사람이 누구인지는 하나도 안 중요해. 그냥 그런 사람
이 있다는 게 중요한 거야.

너는 멍하니 나를 바라보다가 천천히 고개를 끄덕였다. 나
는 팔을 뻗어 허벅지 위에 가지런히 올려둔 네 손을 잡았다. 너
는 내 손에 잡힌 손을 오므려 주먹을 쥐었다.

배고프지? 하루 종일 아무것도 안 먹었잖아.

있잖아. 저기 있을까?

너는 턱을 치켜들어 내 뒤를 가리키며 물었다. 나는 처음

에 네 말을 알아듣지 못해 한동안 멀뚱히 있다가 네가 다시 턱을 치켜들고서야 뒤돌아봤다. 등 뒤에는 여전히 같은 고인돌이 작고 기울어진 볼품없는 모양으로 덩그러니 놓여 있었다.

있다니. 뭐가?

시체 말이야. 죽은 사람.

글쎄. 지금은 없지 않을까? 도굴되거나 발굴되거나.

그럼 저건 가짜네.

뭐가 또 가짜냐. 가짜는 아니지. 진짜였는데.

그럼 진짜야?

모르겠네. 진짜는 또 아닌 것 같기도 하고.

CCTV는 봤어?

아니, 그런 거 없대. 있다고 뻥친 거래.

그래도 되나?

진짠데 가짜라고 하는 건 안 되지만 가짜를 진짜라고 속이는 건 괜찮대.

그렇구나.

너는 무언가를 깊이 생각하는 듯 한동안 아무런 말도 하지 않았다. 나는 구부렸던 무릎을 펴 몸을 일으켰다. 주위를 둘러보니 폐장 시간이 가까워진 공원에는 사람이 없었다. 이곳에서 무슨 일이 일어나도 우리 둘 외에는 아무도 알지 못할 것이다. 그런 생각을 하다가 나는 문득 궁금해졌다. 네가 내게 들려줄 비밀은 무엇일까. 비밀을 공유하는 것은 마지막 날의 일정이었다. 우리는 서로에게 비밀을 말할 수 있을까. 그러고도 우리는 우리일 수 있을까. 그때 네가 일어나 캐리어의 손잡이를 길게 뺐다. 가자는 말도 없이 앞서 걷는 너를 내가 뒤따랐다. 너의 뒷모습을 보고 있자니 식당 주인이 들려줬던 인상착의가 떠올랐다. 보통 체형에 보통 키, 길다고도 짧다고도 말하기 애매한 머리 길이, 얼굴에 비해 조금 큰 하얀색 마스크, 그리고……

밥 먹자. 술도 한잔하고.

돌아보지 않은 채 네가 말했다. 나는 걷는 속도를 높여 네 옆에 가 섰다.

*

당신이 돌아오지 않거나 돌아올 수 없는 경우를 상상해본다. 당신이 죽었다면. 그래서 애초에 돌아올 당신이 존재하지 않는다면 그게 가장 좋겠다. 그렇다면 나는 유일한 당신이 될 수도 있을 것이다. 아니면 이럴 수도 있지 않을까. 다른 사람들과는 달리 당신은 이곳을, 그리고 나를 별로 신경 쓰지 않는다. 다른 사람들이 이곳을 부수고 지우기 위해 혈안이 될 때 당신은 그 사람들을 이해하지 못한다. 모두가 죽고 나만 영원히 살 수도 있겠다. 다른 방은 무덤이 되고 이곳은 영원히 나의 방이 된다.

아니면 이건 어떨까. 실은 이 세계가 현실이고 내가 진짜 당신인 경우. 사라지지 않기 위해 발버둥 치는 당신이 있고 당신의 존재를 결정지을 수 있는 내가 있다면. 내가 현재고 당신이 미래라면. 당신의 일기가 나의 소설이라면. 생각만 해도 웃음이 나온다. 만약 그렇다면 나는 절대로 당신을 존재하게 두지 않을 것이다.

두렵다. 사라지고 싶지 않다. 사라지는 것은 죽음과는 다르다. 죽음은 산 것의 일이고 당신에게 나는 산 것이었던 적이 없으니까. 당신은 나를 이해할 수 있나? 이해하려 하나? 아마 그렇지 않을 것이다. 그럴 필요가 없으니까.

멀리 당신이 보인다.

당신은 어떤 표정을 짓고 있을까.

부디 내 앞에서만은 웃지 않기를.

웃지 않기를.

*

검색을 통해 점찍어둔 식당은 문을 닫은 상태였다. 왜 문을 닫았는지, 내일은 여는 건지, 아무런 공지가 되어 있지 않았다. 너와 나는 허탈한 마음으로 돌아섰다. 호텔 앞 편의점에서 술을 사고 배달 앱을 켜 치킨 한 마리를 주문했다. 프런트에 신용카드를 맡기며 음식이 도착하면 전화를 달라고 했는데 직원이 그건 안 된다고 말했다.

냄새가 너무 심한 음식은 반입이 어렵습니다.

네? 그냥 치킨인데요.

죄송합니다. 규정입니다.

낮에 봤던 직원과는 달리 너무 무뚝뚝하고 융통성이 없었다. 몇 번 더 부탁을 해보기도 하고 화를 내보기도 했지만 직원의 대답은 한결같았다. 너와 나는 하는 수 없이 직원에게 종이컵과 나무젓가락을 받아 호텔 앞 벤치로 향했다. 초여름이었지만 큰 강이 가까워서 그런지 바람이 찼다. 모기가 너무 많아 자꾸만 손뼉을 쳤다. 손뼉을 아무리 쳐도 전혀 흥이 나지 않았다.

되는 게 없네.

그러게. 이번 여행이 유독 그러네.

너는 덤덤한 척을 하기 위해 애썼지만 목소리에 서운함이 잔뜩 묻어 있었다. 분위기가 좋지 않았고 너무 추웠기 때문에 너와 나는 빠르게 잔을 채우고 비웠다. 네가 먼저 마시면 내가 쫓아 마시는 식이었다. 치킨이 도착하기도 전에 소주 두 병을 비웠고, 치킨이 도착한 후에도 속도를 줄이지 않았다. 순식간에 소주 네 병이 사라져버렸다. 빈속에 너무 빨리 마신 탓에 속이 쓰렸다. 숨을 쉴 때마다 술냄새가 났고 취기가 점점 더 올랐다. 너무 무리하지 마. 네가 말했지만 나는 괜찮다고 말했다. 괜찮아, 오늘 같은 날 마셔야지. 너는 조금 더 말리다가 말리는 것을 포기했다.

그런데 왜 그랬을까.

간신히 정신을 부여잡고 있는데 네가 물었다. 처음에는 무슨 말인지 몰랐다. 너는 닭 가슴살을 결대로 찢으며 나를 바라보았다. 대답을 기다리는 것 같았다.

뭐가 왜 그래?

내 이름 쓴 사람.

그러게. 왜 그랬대.

남의 이름을 막 갖다 쓰고.

남의 이름을 막 갖다 쓰고!

나는 네 말을 과장되게 따라 하며 소리를 질렀다. 나름대로 네 기분을 풀어주고 싶은 마음에 한 행동이었다. 그러나 너는 여전히 기분이 풀리지 않았는지 굳은 얼굴로 비닐봉지에서 소주병을 꺼내 뚜껑을 열었다. 팔을 뻗어 내 잔에 술을 따르고 곧이어 네 잔에도 술을 따르는 일련의 과정에 아무런 흔들림이 없었다. 네가 먼저 마셨고 내가 따라 마셨다.

그런데 진짜 남인가.

내가 말했고 날벌레들이 붙은 가로등을 응시하던 네가 순간적으로 나를 바라보았다.

남이지. 내가 아닌데.

네 이름을 썼잖아. 정확하게.

무슨 말이 하고 싶은데?

너 나한테 진짜 숨기는 거 없어?

그만해.

비밀 말이야. 그냥 지금 깔까?

안 해. 너랑은 앞으로도 영원히 그럴 일 없어.

너는 그렇게 말하며 크게 한숨을 쉬었다. 순간적으로 화가 치밀어 올랐다. 하루 종일 너를 달래기 위해 쏟아부은 내 노력이 한순간에 우스워지는 기분이었다. 나는 손가락으로 호텔 입구에 붙은 CCTV를 가리키며 물었다.

저건 진짠가?

너는 나를 노려보았다.

진짜 맞나? 가짜면 너 확 죽여버리게.

일어나. 내일 술 깨고 얘기해. 나는 숙소 따로 잡을게. 취했으니까 데려다줄게.

너는 캐리어와 배낭을 벤치 곁에 그대로 두고 내게 다가와 나를 부축했다. 나는 너를 밀쳐내려 했지만 몸에 힘이 들어가지 않았고 너에게 기대어 호텔로 들어섰다. 엘리베이터를 타고 11층으로 가는 버튼을 눌렀다. 1101호. 아니 1102호. 겨우겨우 기억을 더듬어 방문 앞까지 왔는데 카드 키가 없었다. 아무래도 급하게 나오느라 방에 두고 나온 것 같았다. 너는 잠시 고민하는 듯하더니 다시 나를 부축해 1층으로 내려갔다. 프런트에는 융통성 없는 직원이 무뚝뚝하게 서 있었다.

카드 키를 방 안에 두고 나왔는데요.

예약자분 성함이랑 신분증 보여주세요.

신분증을 꺼내기 위해 지갑을 먼저 꺼내야 했지만 몸이 움직이지 않았다. 너는 한숨을 쉬며 내 바지 주머니에서 지갑을 꺼냈다. 지갑을 뒤져 가장 안쪽에 들어 있던 신분증을 꺼내던 너의 표정이 굳어졌다. 한동안 신분증을 뚫어지게 보던 네가 나를 부축하던 팔을 뺐다. 나는 그대로 쓰러지듯 바닥에 주저앉아버렸다.

이거 누구야.

너는 반쯤 감긴 내 눈앞에 신분증을 들이밀었다. 나는 천천히 신분증에 적힌 내 이름을 또박또박 읽은 뒤에 고개를 들어 너를 마주 보았다.

들켰네. 그래도 괜찮아. 비밀은 아직 얼마든지 있으니까.

너 누구야.

나는 나지. 누구긴 누구야.

너 누구냐고.

이제 네 차례야.

속였던 거야? 지금까지 전부?

뭐야, 네 비밀.

너는 역하고 더러운 것을 본 사람처럼 헛구역질을 하기 시작했다. 나는 비틀거리며 일어나 네게 다가갔다. 등을 두드려주기 위해 팔을 뻗는데 네가 나를 밀쳤다. 나는 멀리 밀쳐져 프런트에 부딪혔다. 너는 로비 바닥에 내 지갑을 던지고 뒤돌아 달렸다. 나는 검지를 들어 입구를 향해 멀어지는 너를 가리켰다. 네가 사라진 방향으로 CCTV가 조금 움직인 것 같았다.

*

등록된 게시 글이 없습니다.

아니다.

여기 있다.

사라지지 않을 것이다.

*

눈을 떴더니 방에는 아무도 없었다. 방까지 어떻게 올라왔더라. 전혀 기억나지 않았지만 사실 중요한 것은 아니었다. 나는 부드럽지만 탄탄하게 허리를 받쳐주는 침대에 누워 한참이나 창밖의 먼 강을 바라보았다. 객실에 비치된 전화기가 울렸고 직원이 퇴실 시간임을 알렸다. 나는 양치와 세수를 하고 풀지도 않은 짐을 그대로 챙겨 객실을 나섰다. 프런트에 가서 혹시 하루 더 묵을 수 있는 빈방이 있는지 물어봤다. 직원은 여유롭고 다정한 목소리로 빈방이 없다고 말했다.

집으로 돌아가기 위해 역으로 갔다. 원래 예매해둔 표의 시간이 한참 남아 취소하고 새로 표를 발급 받았다. 가능한 한 가장 가까운 시간대의 기차를 예약했는데도 출발 시간까지 한 시간이 좀 넘게 남아 있었다. 속이 쓰리고 허했다. 아무래도 몇 시간씩 기차를 타려면 뭐라도 먹어야겠다는 생각이 들었다. 식당을 찾아 역 주변을 돌아다녔다. 오래지 않아 어제 갔던 식당 앞에 섰다. 나는 잠시 고민하다가 식당으로 들어섰다.

사장은 나를 알아보지 못하는 것 같았다. 아니면 알아봤음에도 알은척을 하고 싶지 않거나. 입구에 서서 소독제를 손에 발랐다. 손을 문지를 때마다 알코올 냄새가 퍼졌고 헛구역질이 올라왔다. 서둘러 들어서려는데 사장이 나를 막아섰다.

명부 작성해주세요.

짜증이 솟구쳤지만 어쩔 수 없었다. 모두가 이름을 적으니까. 그래야만 하는 세상이니까. 하지만 이런 것이 무슨 의미가 있을까. 나는 카운터로 다가가 펜을 들고 명부를 내려다봤다. 빈칸을 찾기 위해 위에서부터 아래로, 칸마다 적힌 이름을 천천히 훑어보았다.

여기저기 익숙한 이름들이 보였다.

있으면서 없는 사람

이소
(문학평론가)

1

우리는 삶을 두 번 살 수 없어 대신 여행을 떠난다. 누구나 경험해봤을 것이다. 일상이 지루하고 균질적으로 느껴질 때, 살아 있다는 실감을 쥐고 싶어 조금은 사치스러운 마음을 담아 여행을 떠올려보는 것. 그런데 가만히 생각해보면, 삶에 지쳐 여행을 간다는 말에는 어딘가 이율배반적인 구석이 있다. 정말 여행을 통해 삶을 되찾을 수 있는 걸까, 오히려 삶을 잊어버리고 싶은 건 아닐까. 내게는 여행과 삶의 관계가 달력과 시간의 관계와 비슷하게 느껴진다. 아마도 인간은 아주 오래전부터 무정형의 시간을 견디기 어려웠을 것이고, 그 막막한 시간의 덩어리를 잘게 분절하여 달력에 새기고선 비로소 안심할 수 있었을 것이다. 우리는 달력을 보며 시간을 공간처럼 장악할 수 있다는 착각을 하기 마련이고, 그렇게 달력은 시간의 가장 핵심적인 속성인 '돌이킬 수 없음'을 지워버림으로써 수량화되고 반복 가능한 시간을 지시한다. 그렇다면 달력은 시간을 알게 해주는 것일까, 잊게 해주는 것일까.

인간이 삶을 감당하는 방식은 늘 이렇게 훼손하는 동시에 장악하는 것이다. 여행이 삶에 공헌하는 바도 이와 다르지 않다. 결코 연습할 수 없는 삶, 출발점으로 다시 가보거나 도착점으로 미리 가볼 수 없는 삶을 대신하여 여행은 재생 가능한 축소판을 제공한다. 모험과 탐험의 시대가 끝났다 할지라도 우리는 늘 여행을 삶에 비유하고, 여행은 삶에 반복 가능한 모티프가 삽입되도록 도와준다. 여행을 계획하고 떠나고 추억하면서 우리의 삶은 마치 모티프가 존재하는 악보라도 되는 양 약간의 미학적이고도 존재론적인 안도감을 얻게 된다. 우리는 작은 시작과 끝을 겪어냈음을 자부하며 다시 일상으로 돌아간다.

2

이원석의 소설집에서도 그렇게 여행은 자주 등장한다. 연인들은 헤어지지 않으려고 여행을 계획하다 실패하거나(「없는 사람」) 가까스로 떠나기도 하고(「있는 사람」), 반대로 잘 헤어지기 위해 여행을 떠나거나(「오늘의 시가」) 돌아온 후 여행을 추억하기도(「두번째 절」) 한다. 그런데 정말 여행이 삶의 은유라면, 흔히 말하는 것처럼 사람을 알기 위해서는 반드시 함께 여행을 가봐야 한다는 말 역시 참일 가능성이 크고, 그 말이 참이라면 모두가 만족하는 여행을 하기란 그만큼 어렵다는 뜻이 될 것이다. 우리가 바라는 삶은 서로 같지 않고 그만큼 삶을 표상하는 방식도 제각각이다. 그러니 삐걱대는 연인이 여행을 통해 관계를 회복하기란 애초 불가능에 가까울 것이다. 당연하게도 이 여행들은 모조리 실패한다. "이해를 못 하겠으면 오해라도"(「없는 사람」, p. 18) 해보는 것이 최선일 때 연인이 서로에게 드러내는 민낯은 관계의 회복이 아닌 파국으로 이어질 수밖에 없고, "이미 서로의 웃음과 울음에 아무런 힘을 보탤 수 없는 사이"(「오늘의 시가」, p. 145)에 떠난 여행은 자신이 상대와 같은 믿음은커녕 상대의 "믿음조차 믿지 못하는 사람"(p. 173)이라는 사실만을 확인시켜줄 뿐이다.

그리고 그 여행을 둘러싸고 여성들이 원하는 것과 남성들이 원하는 것은 극명하게 대립한다. 「없는 사람」에서 "안전하게 쉬다 올 수 있는 곳"을 찾는 여자와 "전혀 다른 기준"을 말하는 남자의 대화는 평행선을 그린다. 남자에게 그것은 "솔직히 말하자면 아주 불가능한 일은 아니었지만 어렵고 귀찮"은 일이다. 그는 '안전'을 절박하게 원하는 여자에게 '합의'를 상기시키며, "먹을 걸 먹고 가만히 쉬다 오자고? 도대체 그딴 여행을 왜 가는 거야?"라고 반문한다(pp. 16~17). '기껏' 생각해 줬는데, 이미 '합의'했는데, 이제서야 '상황'에 맞지 않은 말을 하는 여자가 '이해'되지 않고, 그의 주된 정서는 '억울함'이다. 하지만 만약 '합의'와 '이해'에 성공한다 할지라도 문제는 해결되지 않는다. 「없는 사람」의 평행 세계 같은 「있는 사람」에서는 여행을 떠나는 것까지는 성공하지만, 마찬가지의 상황이 벌어진다. 자신의 이름이 씌어진 서명 명부를 보고 경악한 여자가 아무리 불쾌감을 호소해도 남자는 "내가 알잖아. 너 아닌 거"(p. 233)라는, 과녁 근처에도 못 가본 화살 같은 소리를 한다. "나 지금 무섭다니까"(p. 234)라는 여자의 화난 반응에 남자는 '해결'할 수 있는 문제를 감정적으로 처리하는 여자가 '이해'되지 않고 또 '억울'해진다.

「오늘의 시가」에서도 여자는 바다에 둘러진 울타리를 보고 실망하는 남자에게 이렇게 말한다. "더 안전하라고. 그게 가장 중요하니까 가능한 한 최대로 그러라고"(p. 159). 남자는 "완전도 간절도 안정도 아닌 안전"(p. 161)이 가장 중요한 여자를 이해하기 어렵다. 그는 아파서 얼마 살지 못할 것 같다는 여자의 고백을 진지하게 받아들이지 못하면서, 어제와는 다른 모습으로 누워 있는 여자를 보니 덜컥 겁이 나 도망친다. '살아 있는 것은 매일 변한다'는 것이 여자에게는 당연한 삶의 본질이지만, 남자는 그것을 알고 싶지도 보고 싶지도 않다. 어떤 가게에서는 산낙지의 가격이 '오늘의 시가'로 매일 변하지만 다른 어떤 가게에서는 매일 오르내리는 가격 대신 평균적인 값을 고정해 매겨두는 것처럼, 남자는 "안정되고 싶은 것이 아니라 그저 안전하고 싶은" 여자의 마음을 알면서도 "여전히, 그런 것이 있다는 사실을 믿지 못한다"(p. 175).

3

그런데 여기서 독특한 점은, 여자가 원하는 '안전'과 남자가 원하는 '안정'이라는 대립이 젠더의 축을 중심으로 명확하게 나뉨에도 불구하고, 그 갈등이 이 세계에 현실성을 부여해주는 것은 아니라는 점이다. 다시 말해, 이 소설들은 독자에게 일상 속 젠더 문제를 보여주고 감정이입을 유도하며 성찰과 반성을 요구하는 대신, 더 깊은 층위의 현실성을 드러내기 위해 어떤 경계선을 건드려보고 있다는 느낌을 준다. 예를 들어 연애나 여행은 모두 지극히 일상적인 소재들이지만, 거기서 발생하는 남녀의 대립은 현실 속 사람들의 상황적 갈등이라기보다 '안전'과 '안정'으로 표상된 추상적 가치를 대표하는 배우들의 연기처럼 느껴진다. 여행의 과정 역시 마찬가지다. 여행지의 풍경은 어딘가 구체적인 장소라기보다 '비장소'처럼 느껴지고 그곳에서 연인들이 나누는 표정과 대화는 어쩐지 익명성이 느껴진다.

그러나 생각해보면, 우리가 그러한 방식으로 존재한다. 우리는 여행지의 식당까지 정해두고 지도 앱을 보며 찾아다니지만 동시에 그렇게 좌표를 찾아 이동하는 불특정 다수 중 한 명으로 입력된다. 우리의 모든 행적은 초 단위로 기록되는 명확한 구체이지만 동시에 데이터와 QR코드의 형태로 추상화되어 저장될 뿐이다. 우리는 일상성과 추상성이 완전히 결합된 세계를 살아간다. 어쩌면 이렇게 균질적인 세계에서 어떻게든 실감을 얻어보겠다고 여행이라는 방점을 찍고 있는 우리의 노력은 마치 무대를 설치하여 그곳에서 배역을 맡는 일과 유사할지도 모르겠다. 그러니까 삶 대신 여행, 여행 대신 관광, 관광 대신 인증으로 축소되면서, 우리는 여행자라기보다 승객이나 고객이 되고, 그런 우리가 관광지와 맛집을 섭렵하고 다닐 때 그것은 삶의 실감을 돌려주기보다 도리어 반사해버린다.

일종의 악순환이라고 할 수 있다. 일상과 추상이 완벽히 섞여버릴수록 우리는 상품을 사거나 여행을 떠나는 것처럼 끊임없이 새로운 것을 탐닉해야만 겨우 삶을 상상할 수 있다. 경험이 없으므로 체험을 사고, 외부가 없어서 외부처럼 보이는 무대를 가설하고, 할 말이 없으니 취기를 빌린다. 그러나 비장

소적이고 비시간적인 세계에서 여행이라는 삶의 은유는 필연적으로 실패할 수밖에 없고, 연인은 서로에게서 도망치는 것과 다를 바 없는 헤어짐을 맞이하게 된다.[1] 그렇다면 이 연인들에게 정말로 부재했던 것은 단지 '안정'과 '안전'이었을까. 이들에게 정말로 필요했던 것은 단지 '오해'가 아닌 '이해'였을까. 실은 우리의 삶에 '안전'과 '안정'은 모두 필요한 것이고, 또 그것이 과도한 수준의 욕심도 아니기에 그중 하나가 더 낫다고 싸울 일도, 그중 하나를 가졌다고 대단히 풍요로워질 일도 아니다. 어쩌면 이들에게 정말로 부재하고 또 필요했던 것은, '갈등과 이해'의 차원으로 해소되지 않는, 자신과 세계를 향한 보다 존재론적인 확신이 아니었을까.

---

1 그나마 이 소설집에서 가장 괜찮은 연애의 끝은 「두번째 절」일 텐데, 그것이 '느린 편지' 덕분에 가능했다는 점은 시사적이다. 여자가 여행지에서 이벤트로 작성했던 '느린 편지'는 1년 뒤 남자에게 도착하는데, 그때는 이미 여자의 장례식이 진행 중이다. 편지에는 그들 사이에 "정말 아무것도 아닌 일"(p. 187)이 있었다는 것, 그 일에 "쏟아부은 것들을 숨기거나 없던 일로 만들지 않아"(p. 188)서 좋았다는 말들이 담겨 있다. 이 '아무것도 아닌' 편지는 발신인이 죽은 후였기에 수신인에게 아무런 오해 없이 가닿을 수 있었다는 점에서, 유일하게 그리고 역설적으로 제대로 도착한 메시지다.

4

그러니 좀더 정확하게 말해보자면, 여행은 삶의 은유가 아니라 삶을 감당하느라 망각해버린 죽음을 은유하기 위한 것이기도 하다. 죽음에 대한 사유만이 우리에게 존재론적 질문을 던지는 법이니, 여행의 궁극적 목표는 끝을 경험해보는 것이고, 여행은 작은 종결이나 작은 죽음을 삶에 선사한다. 죽기 전에 무엇을 해보겠느냐는 질문에 많은 이가 여행을 하겠노라고 답하는 것은, 무언가를 삶에 더하려는 시도가 아니라 죽음에 더하려는 시도에 가까울 것이다. 다시 말해 우리는 잘 살려고 여행을 떠나는 것이 아니라 잘 죽으려고 떠나는지도 모른다.

그렇게 이원석의 소설에서 연인들의 여행은 죽음과 얽혀 있다. 아픈 연인이 죽기 전에 여행을 가거나(「오늘의 시가」) 여행을 다녀와서 죽는 것(「두번째 절」)은 좀더 일반적인 죽음일 것이고, 여행을 계획하다 마주하게 되는 두 명의 '아무도 없음'(「없는 사람」)이나 여행의 과정에서 겹치는 두 종류의 소멸(온라인 세계의 망각과 '내가 알던 너'의 실종, 「있는 사람」)은 일종의 유사 죽음이라 할 수 있을 것이다. 다른 소설들에서도 죽음은 반복적으로 여행과 결합한다. 딱히 등장인물이 많지 않은데도 여덟 편의 소설에서 죽음은 총 일곱 번이나 발생한다. 첫사랑의 장례에 가기 위해 헤어진 연인의 도움을 얻어 오랜만의 귀향을 감행하는 것(「건너편의 기도」)이나 자살을 결심하고 미뤄둔 여정에 오르지만 거기서 두 번의 죽음을 경험한 후 계획한 자살을 취소하게 되는 것(「완공(完工)」)은 죽음을 확인하기 위한 여행이라 할 수 있다. 또, 죽음과 여행이 공간적으로 결합된 '장례식장'이라는 장소는 소설의 주요 무대로 여러 번 등장한다(「두번째 절」「무덤 밖으로」「완공」「건너편의 기도」).

그렇다면 이 일곱 번의 죽음들을 무심코 지나칠 수는 없다. 이제 죽음들을 병렬로 펼쳐보자. 죽음의 영토는 두 개의 경계선으로 분할된다. 첫번째 경계선은 죽음의 종류에 따른 선. 죽음들은 네 번의 자살과 세 번의 병사로 나뉜다. 두번째 경계선은 젠더의 선. 이번에는 네 번의 여성의 죽음과 두 번의 남성의 죽음으로 나뉜다. 이 젠더의 경계에서 비어 있는 지점은 「없는 사람」의 자살자 때문에 생기는데, 그의 생물학적 성별을 정확히 알 도리는 없지만 아무래도 그의 젠더는 여성으로 추정된다. '나'와 갈등 중인 여자와 반복적으로 같은 말을 하고 있고, 그녀처럼 '아무도 없는' 상태에 놓이기 때문이다. 그렇다면 다섯 명의 여성(「없는 사람」의 자살자, 「완공」의 주미, 「무덤 밖으로」의 이모와 여자아이, 「오늘의 시가」와 「두번째 절」의 선명)이 죽는다고 말할 수 있을 것이다. 이들은 살아 있을 때도 사회적인 의미에서 온전히 '있는 사람'이라 하기에는 어려운 상태에 놓여 있었다.

남성의 죽음은 다소 결이 다르다. 일곱 번의 죽음 중 극진한 보살핌 속에서 죽음을 맞이한 경우는 두 명의 남성뿐이다. 이들은 투병 생활 끝에 어머니의 간호를 받다가 죽거나(「건너편의 기도」), 아내의 간호를 받다 죽음을 '선택'하게 된다(「완공」). 「완공」에서 주미의 죽음이 갑작스러운 자살인 데 반해, 강인오의 죽음은 그의 시신을 화장한 후 남은 쳇가루처럼 "고생을 너무 많이 하다 갔다"(p. 136)라고 안쓰럽게 기억된다. 분명히 이 세계에서 여성과 남성의 죽음 사이에는 경계가 존재한다. 그리고 이 경계는 정확히 다른 이름으로 바꿔 불릴 수 있다. 그것은 바로 '소진'과 '피로'의 선. 공교롭게도 다섯 명의 여성 인물은 모두 소진되어 죽고, 두 명의 남성 인물은 피로하여 죽는다. 우리가 흔히 알려진 계기 없이 자살한 사람들을 향해 번아웃되어 목숨을 끊었다고 표현하는 것처럼, 소진된 자는 병명도 예고도 없이 갑자기 죽어버린다.

5

대체로 우리의 보살핌은 피로한 자들을 향하며, 그들을 돌보는 것을 미덕으로 삼는다. 우리는 피로한 자들이 피로를 풀기에 충분한 휴식과 보상을 요구하는 것을 정치라고 부르며, 어떤 정치를 올바른 정치라 부를지도 이에 따라 결정된다. 그런 의미에서 최근 정치적 올바름을 둘러싸고 '피로감'을 운운하는 말들은 그 의도와는 무관하게 정치의 속성을 정확히 드러낸다. 도처에 피로한 자들이 쓰러져 있다. 이들은 너무 지쳐서 목소리를 제대로 낼 수 없고, 그러니 조금이라도 힘이 남은 자가 있다면 이들의 목소리를 키워주고 피로를 덜어줘야 한다. 당연하게도 이 '피로 사회'에서 누가 더 피로한지를 두고 경쟁하고 판별하는 목소리는 끊이지 않는다. 당신이 힘이 빠진 쪽이든 힘이 남아 있는 쪽이든, 그 어느 쪽에서 보건 우리의 세계는 피로하고 시끄럽다.

이원석의 소설들 역시 피로한 자들을 보살피기에 적합한 자리에 서 있다고, 그의 소설을 한 편씩 읽을 때 나는 그렇게 생각했다. 그런데 소설을 다 모아놓고 보니 여기서 들려오는 목소리는 어딘가 더 먹먹하고 창백하다. 그 목소리는 오히려 고개를 돌리고 이런 말을 하는 듯하다. 비록 아무 말도 들리지 않고 때론 아예 보이지도 않지만, 여기 어딘가에 피로보다 더 깊고 메마른 차원이 존재한다고. 이 말은 피로한 자 옆에 '더 피로한 자'가 있다는 강조가 아닌, 피로의 차원으로는 설명할 수 없는 '특이점'이 존재한다는 선언에 해당한다. 몇 편의 소설을 통해 반복적으로 보여주는 실패와 죽음처럼, 휴식을 취하거나 합의를 시도한다고 해결될 차원을 넘어 절대 회복될 수 없는 지점이 존재한다.

바로 그 지점에 서 있는 자들을 향해 들뢰즈는 '소진된 인간'이라는 이름을 붙였다. '피로한 인간'이 더 이상 자신의 '가능성'을 '실현'할 수 없는 상태라면 그는 "단지 실현을 소진"한 것에 불과하다. 그러나 '소진된 인간'은 "모든 가능한 것을 소진"해버렸다.[2] 그러니까 소진된 자는 피로한 자를 넘어선 상태로 존재한다. 만약 현실에서의 정치가 실현되지 못한 '가능성'을 파악하고 그것에 우선순위를 매겨 실현해가는 일이라면, 소진된 자는 결코 그와 같은 방식으로 회복될 수 없을 것이다. 이렇게 이원석의 소설에는 지금의 정치적 맥락을 포함한 채로 그것을 초과하는 한계 상황이 담겨 있다.

이제 소설에서처럼 피로한 이와 소진된 이가 연인이라고 가정해보자. 당연히 이들의 삶에도 정치적 올바름을 포함한 사회적이고 현실적인 문제들이 발생하지만, 그것들이 모두 해결된다 할지라도 이들 사이의 낙차는 메워지지 않는다. 피로를 회복하고 가능성을 되찾아서 다시 삶을 꾸려가자는 '실현'의 메커니즘은 피로한 자에게만 유효하지 소진된 자에게는 해당되지 않는다. 피로한 자는 자신에게 '가능'했을지도 모를 '미래'

2 질 들뢰즈, 『소진된 인간』, 이정하 옮김, 문학과지성사, 2013, p. 23.

를 얻기 위해 노력할 수 있지만, 소진된 자는 '가능성' 자체를 잃은 것이니 애초부터 그에게 남아 있는 것은 없다. 그러니 아무리 올바른 합의에 도달한다 할지라도 소진된 자의 회복은 이루어지지 않고, 그것을 바라보는 피로한 자 역시 괴롭기는 마찬가지다. 안정을 찾고 싶은 피로한 자가 '회복의 회로'가 존재하지 않는 소진된 자를 바라볼 때 얼마나 지치고 불안할지 우리는 짐작할 수 있다. 그는 더 이상 자신의 무능을 바라보고 싶지 않을 것이다. 그리하여 소진된 자는 고독하게 죽는다.

그러나 바로 그렇기에, 여기서 역설 하나가 탄생한다. 피로한 자가 되찾으려 하는 것이 원래 자신이 지니고 있었던 가능성의 영역이라면, 소진된 자에게 그러한 기존의 영역은 존재하지 않는다. 마치 '부패'라는 현상이 소멸과 생성에 겹쳐 존재하는 상태인 것처럼, 소진된 자는 비존재로 소멸할 수도 있지만 역설적으로 지금과 완전히 다른 존재가 될 수도 있다. 어느 쪽이든 전과 같은 곳으로 돌아갈 수는 없다. 그러니 소진된다는 것은 매우 양가적인 경계다. 삶은 소진된 자의 손에서 모래알처럼 속수무책 빠져나갈 수도 있지만, 전혀 다른 방식으로 탈바꿈할 수도 있다.

물론 다른 삶을 창안하는 시도는 결코 쉬운 일이 아니고, 소설에서 소진된 자들은 결국 실패하고 사라진다. 만약 우리가 삶을 '오늘의 시가'처럼 매일 달라지는 것으로 끊임없이 실감해야 한다면, 우리는 가까스로 달력을 만들어 가둬둔 시간성을 비롯하여 우리의 존재론적 상태인 삶과 죽음의 중첩 상태 역시 쉽게 망각해버릴 수 없을 것이다. 살아 있는 동시에 죽어 있는 상태로 존재한다는 것은, 그야말로 가장 정확한 방식으로 살아 있는 모습이겠지만 동시에 가장 지워버리고 싶은 삶의 진리일 것이다. 이것을 잊지 않는 것은 "간단하지만 까다롭고 중요한 일"(「무덤 밖으로」, p. 202)을 매 순간 반복하는 것처럼 무척이나 버거운 일이다. 그러나 동시에 바로 그런 이유로 소진된 자들은 모두 '나'에게 큰 영향을 미칠 수 있었다. 그들은 나와 유일하게 "그을음을 반씩 나눠 가"(「완공」, p. 125)지기도 했고, 나에게 "보려는 사람만 볼 수 있는 것은 어디에나 있"(「오늘의 시가」, p. 175)다는 것을 알려주기도 했으며, "당연하게 주어지는 미래 같은 것은 존재하지 않"(「무덤 밖으로」, p. 220)는다는 걸 실감하게 만들기도 했다.

6

같은 글에서 들뢰즈는 말한다. 피로한 자가 휴식을 취하려고 눕는 것과 달리 소진된 자는 여전히 웅크리고 앉아 무언가를 '반복'하고 있다고. 도대체 더 이상 지킬 것도 없는 자가 무엇을 반복하고 있는 걸까. 들뢰즈에 의하면, 하나의 가능성이 실현되기 위해서는 반드시 '배제'가 선행되어야 하는 데 반해, 소진된 자는 배제하는 대신 끊임없이 가능한 것을 소진하고 있다. 예컨대 언어로 특정한 것을 지시하려는 목적의 수행은 언제나 배제를 전제하지만, 예술이 그러하듯 언어를 가지고 목적 없는 '유희'를 반복하는 행위는 하나의 '과정'이자 새로운 '이미지'를 만들어낼 수 있다.[3] 그렇게 소진된 자는 모든 가능한 것을 소진하고 더는 가능한 것이 존재하지 않는 지점에서 새로운 존재가 될 수도 있다. 반복이 중요한 것은 바로 이 때문이다. 「없는 사람」에서 자살자와 여자는 더블double처럼 존재하고, 「오늘의 시가」에서 기묘한 아이가 등장하는 상황은 두 번 반복된다. 반복은 한 편의 소설 내부에서만 이루어지는 것이 아니라 다른 소설에 걸쳐 끝말잇기처럼 이어지기도 한다. 「있는 사람」과 「오늘의 시가」에서 남자가 여자를 찾아 여행지를 헤매는 일은 반복되고, 「두번째 절」과 「무덤 밖으로」에서 장례식장의 무례한 문상객들을 보며 '나'가 떠올리는 생각은 반복된다. 그리고 반복은 소설집 전체를 원환 구조로 묶어주기도 한다. 「없는 사람」과 「있는 사람」은 서로에게 더블이나 평행 우주라 할 수 있고, 소설집의 구조는 「없는 사람」으로 시작하여 「있는

3 같은 책, p. 45.

사람」으로 끝나는 원형을 이루게 된다. 물론 반복이 동일함을 의미하지는 않기에, 그 원은 맞물리지 않고 살짝 어긋나 벌어진 모양을 하고 있다.

이와 같은 반복이 가장 압축되어 나타난 작품은 「까마귀 클럽」이다. 화를 잘 내기 위해 '까마귀 클럽'에 모여 화내기를 연습하는 사람들은 실은 자신들이 '가능성'을 실현하고 '목적'을 이룬다면, 그러니까 "정말로 화를 낼 수 있게 되면 우리는 우리일 수 없"(p. 66)음을 잘 알고 있다. 그래서 아슬아슬하게 '실현'을 피해 반복하는 이들의 행위는 유희적이다. 그러나 '나'는 "많은 것이 조금 더 익숙해"지고 "당신들이 편해"(p. 69)지자 화를 내는 것에 성공하고, 이로써 반복은 종결되어버린다. 만약 "정말로 화를 내는 것이 목적이었다면 우리의 모임은 대성공"(p. 71)이겠지만, 그 가능성을 실현하는 것에 성공한 것은 곧 유희의 실패라고도 할 수 있다. 이렇게 성공과 실패는 마치 삶과 죽음처럼 중첩되어 존재하고, 소설의 첫 문장과 끝 문장 역시 원의 구조를 그리며 겹친다.

7

우리가 절대 감각할 수 없지만 양자역학 덕분에 알게 된 사실 하나는, 우리의 우주가 슈뢰딩거의 고양이처럼 있는 동시에 없는 상태라는 것이고, 그 중첩 상태가 관측이라는 요소에 의해 살거나 죽는 것으로 어긋나며 결정된다는 것이다. 어쩌면 이 소설들이 말하고 싶지만 말하지 못하는 것은 이와 같을지도 모른다. 우리의 정확한 상태에 대해, 우리가 절대로 포착할 수 없지만 우리가 존재하는 어떤 상태에 대해 말하기 위해서는 같은 질문을 여러 번 던져보는 수밖에 없을 것이다. 삶의 중첩 상태를 관측하는 일은 필연적으로 실패할 수밖에 없지만, 그 실패를 이야기하는 일은 가까스로 성공할 수도 있다. 솔직히 말해, 나는 대체로 들뢰즈의 말을 믿지 못하는 사람이고, 그러나 늘 그의 말이 맞길 기원하는 사람이다. 나 역시 그러하길 바란다. 소진된 자들이 보여주는 반복적인 몸짓이 가능성의 원 안에서 좌초되지 않길, 그들이 주어진 가능성 대신 다른 삶을 위한 잠재성을 실현할 수 있길, 그리고 그들의 곁에 사려 깊은 작가가 오래도록 머무를 수 있길. 그런 것들을 진심으로 바라고 있다.

이게 사는 거냐.

요즘은 이런 말을 입에 달고 산다. 얼마 전에 친구와 술을 먹다가 또 나도 모르게 저런 말을 했다. 이게 씨발 사는 거냐. 그랬더니 갑자기 친구가 엉엉 울면서 말했다. 사는 거지, 미친 새끼야. 친구가 너무 울어서 나도 따라 울었다. 내가 운 이유는 미안해서였다. 그 친구가 왜 울었는지는 영원히 쓰지 않을 것이다. 그런 것이 적히지 않은 것만이 소설일 수 있다고 나는 여전히 믿는다.

이 책에 수록된 소설들을 쓰는 동안 내가 싫어하는 사람도 사랑하는 사람도 모르는 사람도 아는 사람도, 어제는 있었다가 오늘은 사라지는 일이 많았다. 사라진 줄 몰랐는데 알고 보니 사라진 것이었던 사람도 있었다. 아무도 사라지지 않는 날이 단 하루쯤은 있었으면 좋겠다는 생각으로 썼다. 그런 것이 가능할 리가 없다는 생각이 드는 날에는 한 글자도 쓰지 않았다. 당연한 얘기지만 무언가를 쓴 날보다 쓰지 않은 날이 더 많다. 언젠가는 영원히 쓰지 않는 날도 오겠지. 오지 않았으면 좋겠다.

"내가 세상에서 가장 사랑하는 사람들"
이라는 문장이 비문이라고 말했던 사람이 있다. 생각해보니 비문이 맞았고 나는 맞는 말이 항상 옳은 말은 아니라는 사실을 그 사람에게 배웠다.

아직도 믿기지 않지만, 그 사람은 이제 사라졌고, 사라졌지만
세상에는 내가 세상에서 가장 사랑하는 사람들이 아직 많이 남았다.

그 사람들. 나와 같은 것을 믿으며 함께 화내는 사람들에게 도움을 많이 받았다. 오늘도 같이 술이나 한잔 마시고 싶다. 이 기분이라면 사줄 의향도 있다.

사라지지 않은 사람들은 사라진 사람을 믿으며 살고
믿는 사람들은 너무 쉽게 운다.

나는 당신을 생각하면 너무 많이 울게 된다.
그러니까 당신은 나의 믿음이다.

마지막으로 오래된 비밀 하나.
내가 당신을 기억하고 있다.

2022년 봄

이원석

우리는 사람으로 사는 걸까, 아니면 사람인 척하는 걸까.
나는 자주 그런 생각을 한다. 그리고 만약, 내가 나 자신을 드
러낸다면…… 내 주위에 나를 정말 사랑해주는 사람이 있을
까? 그 생각엔 항상 이런 질문이 따라온다. 나는 대부분 '척'하
며 살아가고 있다. 마치 이원석 소설 속 인물들처럼 말이다. '사
람을 좋아하지만 사람이 어려운' 이원석 소설 속 인물들은 단
한 번이라도 '사람'이 되기를, 그래서 '거기, 그곳에 그 자체'로
있어보기를 소망한다. 이해가 아닌 오해를 받는다 하더라도 그
들은 '척'하지 않고 살아보기를 원한다. 그랬기에 화를 내는 법
을 연습하는 모임을 만들기도 하고, 잘 헤어지기 위해 여행을
떠나기도 한다. 그러나 진실로 불화하지 못하는 이 사람들의
모습은 전혀 낯설지 않다. 오히려 아주 가까운 단 한 사람에게
조차 나를 보여주지 못하는 '나' 같고 '우리' 같아서, 나는 이 책

을 자꾸만 다시 돌아보게 된다. 조금이라도 '사람'으로 살게 될까 싶어서, 사실은 너무나 간절히 '한 사람'으로 여기에 존재해보고 싶어서 말이다. 나와 우리는 그렇게 간절히, 한번 진심으로 살아보고 싶어서 자꾸만 이 책을 들춰보게 된다. 이 책엔 그런 '사람'과 '사람들'이 있다.

한정현(소설가)

수록 작품 발표 지면